Tucholsky Wagner Zola Scott Sydow Freud Schlegel
Turgenev Wallace Fonatne
Twain Walther von der Vogelweide Fouqué Friedrich II. von Preußen
Weber Freiligrath Frey
Fechner Fichte Weiße Rose von Fallersleben Kant Ernst Frommel
Richthofen
Hölderlin
Engels Fielding Eichendorff Tacitus Dumas
Fehrs Faber Flaubert
Maximilian I. von Habsburg Fock Eliasberg Zweig Ebner Eschenbach
Feuerbach Eliot
Ewald Vergil
Goethe Elisabeth von Österreich London
Mendelssohn Balzac Shakespeare Rathenau Dostojewski Ganghofer
Trackl Lichtenberg Doyle Gjellerup
Stevenson Hambruch
Mommsen Tolstoi Lenz Droste-Hülshoff
Thoma Hanrieder
von Arnim Hägele Hauff Humboldt
Dach Verne
Reuter Rousseau Hagen Hauptmann Gautier
Karrillon Garschin
Defoe Baudelaire
Damaschke Descartes Hebbel
Hegel Kussmaul Herder
Wolfram von Eschenbach Dickens Schopenhauer Rilke George
Darwin Melville Grimm Jerome Bebel
Bronner Campe Horváth Aristoteles Proust
Bismarck Vigny Barlach Voltaire Federer Herodot
Gengenbach Heine
Storm Casanova Tersteegen Grillparzer Georgy
Lessing Gilm
Chamberlain Langbein Gryphius
Brentano Lafontaine
Strachwitz Claudius Schiller Kralik Iffland Sokrates
Katharina II. von Rußland Bellamy Schilling
Gerstäcker Raabe Gibbon Tschechow
Löns Hesse Hoffmann Gogol Wilde Vulpius
Gleim
Luther Heym Hofmannsthal Klee Hölty Morgenstern
Roth Heyse Klopstock Goedicke
Luxemburg Puschkin Homer Horaz Mörike Musil
Machiavelli La Roche
Navarra Aurel Musset Kierkegaard Kraft Kraus
Nestroy Marie de France Lamprecht Kind Kirchhoff Hugo Moltke
Laotse Ipsen Liebknecht
Nietzsche Nansen
Marx Lassalle Gorki Klett Ringelnatz
von Ossietzky Leibniz
May vom Stein Lawrence Irving
Petalozzi Knigge
Platon Pückler Michelangelo Kafka
Sachs Poe Kock
Liebermann Korolenko
de Sade Praetorius Mistral Zetkin

Der Verlag tredition aus Hamburg veröffentlicht in der Reihe **TREDITION CLASSICS** Werke aus mehr als zwei Jahrtausenden. Diese waren zu einem Großteil vergriffen oder nur noch antiquarisch erhältlich.

Symbolfigur für **TREDITION CLASSICS** ist Johannes Gutenberg (1400 — 1468), der Erfinder des Buchdrucks mit Metalllettern und der Druckerpresse.

Mit der Buchreihe **TREDITION CLASSICS** verfolgt tredition das Ziel, tausende Klassiker der Weltliteratur verschiedener Sprachen wieder als gedruckte Bücher aufzulegen – und das weltweit!

Die Buchreihe dient zur Bewahrung der Literatur und Förderung der Kultur. Sie trägt so dazu bei, dass viele tausend Werke nicht in Vergessenheit geraten.

Herr Fridolin und sein Glück

Ferdinand von Saar

Impressum

Autor: Ferdinand von Saar
Umschlagkonzept: toepferschumann, Berlin

Verlag: tredition GmbH, Hamburg
ISBN: 978-3-8424-1216-3
Printed in Germany

Text der Originalausgabe

Ferdinand von Saar

Herr Fridolin und sein Glück

(1897)

I

Schopenhauer spricht in einer seiner zahlreichen Abhandlungen über die Leiden und die Nichtigkeit des Daseins die Behauptung aus: daß die sogenannten Glücklichen es nur scheinbar, höchstens aber nur vergleichsweise seien, und wenn schon hin und wieder ein wahrhaft Glücklicher vorkäme, so sei dies ein so seltener Fall wie ein erreichtes sehr hohes Alter, wozu – gleichsam als Lockvogel – die Möglichkeit gegeben sein müsse. Nun, als ein solcher ausnahmsweise Glücklicher stellte sich der Zimmerwärter auf dem gräflichen Schlosse zu R ... Herr Friedrich – oder eigentlich, der tschechischen Taufliste nach, Herr Bedrich Kohout dar. Schon der Lebens- und Entwickelungsgang dieses merkwürdigen Mannes sprach dafür. Vom barfüßigen, des Lesens und Schreibens unkundigen Lehrjungen in der Schloßtischlerei hatte er es durch besondere Dienstwilligkeit und Verwendbarkeit im Lauf einiger Jahre zum Hausknecht gebracht, in welcher Eigenschaft ihm nebst anderen Verrichtungen auch das Heizen sämtlicher Öfen sowie die Betreuung aller im Gebrauch stehenden Lampen oblag. Diesen wichtigen Geschäften unterzog er sich mit einem verständnisvollen Eifer, welcher von der plumpen Fahrlässigkeit seines Vorgängers auf das überraschendste abstach, und da er dabei die eigene Person sehr sauber hielt, das fahle Haar sorgfältig in der Mitte gescheitelt trug und sein rundes Gesicht beständig in unterwürfigem Frohsinn strahlen ließ, so erfreute er sich im Schlosse bald der allgemeinsten Beliebtheit. Man ließ sich herab, ihn anzusprechen, wenn er, die Holztrage auf dem Rücken, in den Gängen oder im Hofe vorüberkam, und ergötzte sich an der harmlosen Dreistigkeit, mit welcher er neckende Fragen höchst schlagfertig zu beantworten wußte. Jemand wandelte einmal scherzweise seinen Rufnamen Friedrich in Fridolin um, was allseitig Anklang fand, und von nun ab nannte ihn niemand mehr anders. Als sich mit der Zeit einige Lücken in der höheren Dienerschaft ergaben, wurde auch sofort erwogen, ob man diesen gutmütigen, anstelligen Burschen, der sich nach und nach die deutsche Sprache nicht bloß in Wort, sondern auch einigermaßen in Schrift zu eigen gemacht hatte, nicht näher heranziehen solle. Wirklich entschloß man sich, ihn probeweise dem jungen Erbgrafen zur persönlichen Dienstleistung zuzuteilen. Dieser Versuch übertraf alle Erwartungen, und nachdem der Noviz seinen Herrn und dessen Hofmeister auf einer Reise durch Italien begleitet hatte, erklärte Graf Benno halb im Scherz, halb im Ernst: er könne ohne seinen Fridolin gar nicht mehr leben. Dieser wußte sich auch bei einer späteren Reise, die in Begleitung eines älteren Standesgenossen nach Paris und London – und von dort aus nach New York unternommen wurde, mit überraschendem Orts- und Spürsinn überall zurechtzufinden, ja er bot zum Erstaunen und auch sehr zum Vorteile der beiden hohen Reisegefährten sogar der Seekrankheit Trotz. Und als die glückliche Heimkehr im Schlosse durch ein großes Diner gefeiert wurde, da fand Fridolin Gelegenheit, seinen außerordentlichen Eigenschaften die Krone aufzusetzen. Der schon bejahrte Kammerdiener war nämlich gerade an diesem Tage infolge einer starken Erkältung gezwungen, das Bett zu hüten; welcher andere aber konnte für ihn einspringen als der umsichtige Beschützer und treue Diener seines jungen Herrn? Da stand er nun in dem gewölbten Speisesaale, schwarz befrackt, mit weißer Halsbinde, und überwachte, die Stirn in strenge Falten gelegt, die schüsselreichenden Diener oder bewegte sich zwischendurch selbst unhörbaren Schrittes um die Tafel, die serviettenumhüllte Flasche den Gläsern nähernd und den Gästen mit ehrerbietig gedämpfter Stimme Chateau-Margaux, Rheinwein und Champagner anbietend, welch letzteren er, anmutiger Abwechslung halber, auch Veuve Cliquot oder Grand mousseux nannte.

Die Höhenlinie seines Daseins aber erreichte er, als er einige Jahre später ein Ehebündnis mit dem Fräulein Katinka Kwapil schloß. Diese bereits etwas überreife Schönheit, deren einziger Fehler in einer allzusehr nach aufwärts gerichteten Nase bestand (denn sie erfreute sich eines üppigen blonden Haarwuchses, schmachtender blauer Augen und, wie Kenner versicherten, einer prachtvollen Büste), war der Reihe nach Kindermädchen bei den drei Komtessen des Hauses gewesen. Da jedoch nunmehr auch die jüngste solcher Obhut entwachsen war, so sollte die brave Katinka für ihre aufopfernden Dienste belohnt und ihr, wie sich die Frau Gräfin-Mutter ausdrückte, ein sort bereitet werden. Und welch besseres Los konnte ihr beschieden sein als das, die Gattin des treuen Fridolin zu werden, welchem bei diesem Anlasse eine neue, höchst ehrenvolle und wichtige Stellung zugedacht wurde. Der bisherige Zimmerwärter war mit zunehmendem Alter immer bequemer und nachlässiger geworden, so zwar, daß man sich endlich gezwungen sah, ihn in den Ruhestand zu versetzen. Zu seinem Nachfolger aber wurde – wie schwer ihn auch sein Herr entbehren mochte – Fridolin bestimmt. Denn dieser Perle unter den Dienern, diesem zuverlässigsten aller Menschen, der ja auch mit Hobel und Leim umzugehen wußte, konnten sämtliche Kostbarkeiten des Schlosses, konnten die reichgeschnitzten Möbel und breitumrahmten Bilder, die alten Gobelins und persischen Teppiche, die zahllosen Statuetten, Vasen und Nippgegenstände sowie der funkelnde Tafelschatz in allen Metall-, Porzellan- und Glassorten mit ruhiger Seele anvertraut werden; wie man auch überzeugt sein konnte, fernerhin die Gastzimmer nicht in mangelhaftem Zustande, die entlegenen und unbenützten Räumlichkeiten nicht in völliger Verwahrlosung anzutreffen.

So fand denn mit seiner Ernennung auch die Hochzeit statt, und das reich beschenkte Paar bezog in einem Nebengebäude eine sehr geräumige, nett ausgestattete Wohnung, um dort die Flamme des häuslichen Herdes auflodern zu lassen. Allerdings war Fridolin mit seinem neuen Amte die Verpflichtung auferlegt worden, die gewohnten Dienstleistungen bei dem Erbgrafen bis auf weiteres nebenher fortzusetzen, und auch Katinka wurde immer noch zu allerlei Handreichungen ins Schloß gezogen, was begreiflicherweise bei Tag und Nacht vielfältige Störungen in dem jungen Eheleben mit sich brachte. Indes führte, wie überall, auch hier die Zeit Veränderungen herbei, welche Fridolin allmählich zum selbständigen Manne machten. Die beiden ältesten Komtessen hatten sich schon vor einigen Jahren vermählt; nun folgte der Bruder ihrem Beispiele, indem er eine fürstliche Erbin erkor, welche ihm ausgedehnte Güter in Böhmen und Ungarn mitbrachte. Diese Besitzungen erforderten die Anwesenheit des neuen Herrn, der fortan abwechselnd dort seinen Aufenthalt nahm. Und als das Haupt der Familie, Erlaucht senior, eines Tages das Zeitliche gesegnet hatte, da fanden sich die Gräfin-Witwe und ihre jüngste Tochter doch zu verlassen und abgeschieden in dem weitläufigen Schlosse; sie zogen es endlich vor, den Sommer auf den Gütern ihrer Angehörigen, den Winter aber in Wien oder Meran zuzubringen. Auf diese Art wurde Fridolin wirklich zum Alleinherrscher in dem verlassenen Schlosse, welchem er jetzt seine ganze Liebe und Hingebung weihen konnte. Es soll hier gar nicht näher beschrieben werden, mit welchem Eifer, mit welcher Sorgfalt er jeden Frühling und Herbst mit einer Anzahl weiblicher Hilfskräfte die Lüftung und Reinigung der Gemächer vornahm; wie er, die Wichsbürste unter den rechten Fuß geschnallt, in tollen Wendungen über die Parketten hinfuhr, bis diese wie Spiegel glänzten; wie er schadhaft gewordene Möbel, eines nach dem anderen, in die kleine Tischlerei, die er in seinem Wohnhause hergestellt hatte, schleppte oder schleppen ließ, um, ohne Rücksicht auf seine weißen fleischigen Hände, unermüdlich daran zu hämmern, zu leimen und zu firnissen – kurz, es war jahraus, jahrein alles in solchem Stande gehalten, daß die weiten, funkelnden Räumlichkeiten jeden Augenblick wieder bezogen werden konnten. Daran dachte nun freilich niemand; aber es ereignete sich doch hin und wieder, daß sich der in der Ferne weilende Herr mit einigen erlesenen Gästen auf seinem väterlichen Stammsitze zur Jagd ankündigen ließ. Da mußte denn Fridolin Küchen- und Kellerschlüssel bereithalten, das nötige Tafelzeug hervorholen und das Büffet instand setzen, während Frau Katinka ihre kulinarischen Kenntnisse mit Zuhilfenahme eines dicken Kochbuches auffrischte. Und als dann die erlauchten Jäger müde und hungrig beim späten Diner saßen, da war er es wieder, der in schwarzem Frack und weißer Halsbinde die schüsselreichenden Diener überwachte und die edlen Weine in die Gläser goß.

Das ging aber jedesmal rasch wie ein Traum vorüber, und Herr Fridolin schlüpfte alsbald wieder in den bequemen braunen Lodenrock mit grünen Vorstößen, den er im Stilleben seiner Häuslichkeit zu tragen pflegte. Und eine geordnetere, behaglichere Häuslichkeit als die seine konnte es kaum mehr geben. Das Wohnhaus glich einer kleinen Villa. Es sah auf ein schmuckes Vorgärtchen, in welchem hochstämmige Rosen prangten, und rückwärts dehnte sich ein geräumiger Obst- und Gemüsegarten aus. Abgegrenzt wurde dieser durch einen großen Hühnerhof, wo es in allen Tonarten gackerte, schnatterte und gluckste, sowie durch eine Reihe hölzerner Koben, aus welchen von Zeit zu Zeit fröhliches Grunzen drang. Dies alles betreute Frau Katinka mit eigener Hand; denn es galt nicht bloß, das Notwendige für den Hausbedarf zu erzielen, sondern auch einen schwungvollen Handel mit Geflügel und Ferkelchen zu betreiben, welcher es dem Gatten ermöglichte, einen großen

Teil seines dienstlichen Einkommens für sich und die Seinen beiseitezulegen. Sie hatte im Laufe der Jahre drei Kinder geboren, zwei Mädchen und einen Knaben, welche sämtlich runde Gesichter und nach aufwärts gestülpte Stumpfnasen zur Schau trugen, was um so begreiflicher war, als sich auch Herr Fridolin durch kein Adlerprofil auszeichnete. Sie wuchsen in voller Gesundheit und Frische heran und besuchten schon alle die Schule, wo ihnen, da man dem Lehrer eine deutsche Nachstunde bezahlen konnte, die Wohltat eines zweisprachigen Unterrichtes zuteil wurde. Zu Hause redeten sie mit der Mutter und der Magd böhmisch, mit dem Vater, der dies unbedingt forderte, deutsch – und so war in der Familie der Nationalitäten-Ausgleich auf das befriedigendste hergestellt, wenn auch Frau Katinka im stillen mehr auf die slawische Seite hinneigte. Ihre Schönheit hatte mit der Zeit begreiflicherweise einige Einbuße erlitten. Das dichte Blondhaar zeigte sich ziemlich gelichtet, die schmachtenden Augen hatten mit rötlichen Rändern einen schärferen Ausdruck angenommen, und auch die Büste schien nicht mehr so prachtvoll wie früher zu sein. Aber Herr Fridolin, wenn er es überhaupt bemerkte, ließ sich das nicht anfechten, wie er denn fast in allem, was nicht den Dienst betraf, den erhabenen Grundsätzen der Stoa huldigte. Auch war ja Katinka noch immer eine ganz hübsche Erscheinung, zumal wenn sie sonntags in die Kirche ging, wo sie durch ihre elegante und modernste Kleidung nicht bloß bei der Frau des Schloßgärtners, sondern auch bei der des Gutsverwalters und den sonstigen Spitzen der weiblichen Ortsbevölkerung neidische Bewunderung erregte. Freilich konnte sie sehr leicht solchen Luxus entfalten. Denn ihre einstigen Pflegebefohlenen verabsäumten nicht, ihr alljährlich zu Weihnachten ausgemusterte, das heißt kaum getragene Kleider, Jacken und Mäntel zu senden, wobei sie, nun selbst Mütter geworden, auch der Kinder nicht vergaßen. Seine Erlaucht, der Herr Graf, entzog sich ebensowenig dieser Pflicht der Dankbarkeit und erfreute den treuen Fridolin ziemlich regelmäßig mit Ablegern aus seiner Garderobe, infolgedessen der Herr »Schloßverwalter« – so hörte sich der alleinherrschende Zimmerwärter gerne nennen – selbst aussah wie ein Kavalier, wenn er an der Seite seiner Gattin erschien und nach beendetem Gottesdienst Arm in Arm mit ihr den Heimweg antrat. Und wenn er dann nach eingenommenem Mahle, welchem Frau Katinka an Sonn- und Feiertagen stets eine Tasse schwarzen Kaffees folgen ließ, eine Zigarre rauchend, in dem von Rosen durchdufteten Vorgärtchen saß, das hohe, schöne Schloß in altfranzösischem Stil vor Augen, da mochte er, der einst barfüßig und in geflicktem Jäckchen durch das Portal des Vorhofes hier eingezogen war, mit dem erhebenden Bewußtsein dessen, was er erreicht und errungen, auch das Vollgefühl haben, ein Glücklicher zu sein.

II

Dennoch – es muß leider gesagt werden – würde der Skeptizismus Schopenhauers auch hier ein Haar in der Suppe gefunden und auf den Ausspruch des Horaz hingewiesen haben, der da lautet: nemo ab omni parte beatus. Und wirklich: es gab eine Seite, von welcher aus sich das Dasein des altgräflichen Zimmerwärters weniger beneidenswert darstellte. Auch an seinem Glücke war ein wunder Punkt; freilich nur ein ganz kleiner, verschwindend kleiner – aber er machte sich um so empfindlicher geltend, als er allwöchentlich, und zwar jeden Donnerstag, berührt wurde. Aus welchem Anlasse und in welcher Art, wird aus Folgendem klarwerden.

Herr Fridolin hatte nämlich eine entschiedene Vorliebe für Pilsener Bier. Nun soll damit nicht etwa gesagt sein, daß er ein Trinker gewesen. Welcher Freund und Verehrer jenes hellen, durchsichtigen, stark hopfenhältigen Gebräues könnte überhaupt ein Trinker genannt werden? Nein: Fridolin brachte diesem ersten der Biere jene würdevolle Bedächtigkeit entgegen, die ihn nach allen Richtungen hin auszeichnete. Er zog es eben jedem anderen Getränke vor, ja es war gewissermaßen das einzige, das er zu sich nahm. Im übrigen erwies er sich, wie alle bedeutenden Menschen, nicht abhängig von seinen leiblichen Bedürfnissen, die er auf das allereinfachste zu befriedigen liebte. Möglich, daß er sich seinerzeit in den Leckerbissen übernommen hatte, die auf der Tafel erschienen waren und deren schönste Reste sehr oft der Dienerschaft anheimzufallen pflegten. Gewiß ist, daß ihm jetzt der Anblick von Austern, Hummern oder Gänseleberpasteten Widerwillen erregte und daß er auf Fasane und Schnepfen mit Geringschätzung hinabsah. Auch aus anderem Geflügel machte er sich nichts, und Frau Katinka konnte das, welches sie aufzog, ruhig den Händlern überlassen, wenn sie ihm nur oft genug Rauchfleisch mit Knödeln oder jene mit Quark und Rosinen belegten Kolatschen vorsetzte, die sie so ausgezeichnet zu bereiten verstand. Und was sollten ihm all die Weine, welche in bestäubten Flaschen in der Tiefe des Kellers lagerten? Was dieser nach Tinte schmeckende Bordeaux, dieser parfümierte Johannisberger – oder gar dieser süßlich prickelnde Weiberschleck, der Champagner? Höchstens, daß er gelegentlich ein Glas alten Österreichers zu sich nahm, wiewohl er auch da nach dem ersten prüfenden

13

Schluck die Mundwinkel, mißvergnügt schmatzend, herabzog. Ja, nur dem »Pilsener« wohnte gediegene, ausgeglichene Kraft inne – und eine herbe Fülle von Wohlgeschmack, dem kein anderer zu vergleichen war. Aber es hatte, wie alle Biere, die Eigentümlichkeit, daß es nur dann voll mundete, wenn es frisch verzapft war. Pilsener, das auch nur einen Tag – geschweige denn mehrere – lief, verdiente den Namen nicht; auf Flaschen gezogen, konnte es nur als jämmerlicher Notbehelf gelten. Also frisch vom Fasse weg mußte es getrunken werden! Das jedoch konnte, wie an allen kleinen Orten, wo die wenigsten imstande waren, sich diesen Genuß zu gönnen, nur an jedem Donnerstag und Samstag geschehen – und zwar in dem nicht weit vom Schlosse entfernten Gasthause des Herrn Wenzel Sykora. Dort also rann es zweimal die Woche vom Nachmittag bis tief in die Nacht hinein vom Zapfen ins Glas. Oh, wie gemütlich ging es dabei zu! Besonders an Samstagen, wo man sich, den geschäftelosen Sonntag vor Augen, dem wohligsten Behagen hingeben konnte. An einer langen Tafel in der Mitte der niederen, verräucherten Wirtsstube sowie an kleineren, von Hängelampen überqualmten Seitentischen, wo sich lebhafte Tarockpartien entwickelten, saßen im Vereine mit den angesehensten Bürgern und Grundbesitzern: der Gutsverwalter, der Rentmeister, der Forstkontrollor, sämtliche Adjunkten und Schreiber, der Schloßgärtner und – last, not least – in seiner ganzen unvergleichlichen, unterwürfig stolzen Würde Herr Fridolin. Da flossen die Stunden nur so mit dem köstlichen Naß dahin, das Herr Sykora, verständnisvoll schmunzelnd, in den blinkenden Gläsern von Mann zu Mann umhertrug. So wies denn der Zeiger stets weit über Mitternacht, wenn Herr Fridolin, die Mütze aufs Ohr gesetzt, sich auf den Heimweg machte und mit etwas wankenden Beinen in das eheliche Schlafgemach trat, wo ihn Frau Katinka aufs liebevollste erwartete und empfing. Sie lächelte ihm in einem koketten Nachthäubchen vom flaumigen Pfühl aus entgegen, und keine Gardinenpredigt weckte die Kinder, die in der Nebenstube den Schlaf der Unschuld schliefen. Nur zärtliches Geflüster wurde vernehmbar, das noch einige Zeit fortdauerte, wenn das Licht gelöscht war. Aber so nachsichtig und duldsam die liebende Gattin sich an Samstagen erwies: so unerschütterlich, ja grausam streng verhielt sie sich an Donnerstagen. Da durfte Fridolin an ein längeres Verweilen bei Herrn Sykora nicht denken; es war ihm nur gestattet, zur »Jause« sich dorthin zu begeben: Schlag sieben, um welche Zeit das gemeinsame Familiennachtmahl eingenommen wurde, mußte er wieder zu Hause sein. Also kaum zwei Stunden, zwei kurze Stunden waren ihm gegönnt. Und was ließ sich in einer solchen Spanne Zeit leisten – in einem Getränke leisten, das nicht rasch und unbedacht hinter die Binde gegossen werden konnte, sondern gewissermaßen mit Andacht ausgekostet werden mußte? Allerdings hätte er sich wohl – Frau Katinka würde es gestattet haben – das fehlende Quantum nach Hause bringen lassen können. Aber Pilsener über die Gasse tragen! In einem Kruge oder einer Flasche! Ging da nicht schon durch das mehrmalige Umgießen die beste Kraft, das feinste Arom verloren! Nein: nur in der richtigen Faßnähe konnte es wirklich genossen werden. Und gerade dann, wenn man so recht eigentlich anfing, auf den Geschmack zu kommen – zu einer Zeit, wo sich die Tür öffnete, die freizügigen Gäste einer nach dem anderen eintraten, um sich mit vertraulichem Gruße hinter die Gläser zu setzen: aufbrechen und der Gesellschaft Valet sagen! Es war, wie gesagt, ein furchtbares, grausames Gebot – aber er mußte sich ihm fügen. Denn wenn er sich auch beikommen lassen wollte, den Schlag der siebenten Stunde zu überhören: er konnte gewiß sein, daß in kürzester Frist ein plumper Finger draußen an eine Fensterscheibe pochte; und wenn er auch dieses Pochen überhörte, dann ging alsbald die Tür auf, und durch die Spalte hinein rief die schrille Stimme seiner Hausmagd: »Pane Kohout!« Und blieb er auch dann taub, so erschien nach einer Weile eines der stumpfnasigen Kinder, um dem Vater zu melden, daß das Essen auf dem Tische stehe. Raffte er sich, den kleinen Boten abweisend, mit äußerster Kraftanstrengung zu dem Bescheid auf: man solle nur ohne ihn zum Nachtmahl gehen, da konnte es sich ereignen – einmal geschah es und durfte nicht wieder geschehen! – daß plötzlich die Tür weit aufgestoßen wurde und Frau Katinka, Haupt und Brust malerisch mit einem dunklen Tuche umhüllt, auf der Schwelle erschien, ein zorniges und gebieterisches »Fridolin!« erschallen lassend. Nein: besser, als dann kreidebleich aufspringen und, ohne die Zeche zu bezahlen, unter dem Zischeln und verhaltenen Lachen der Mitgäste wie begossen abeilen – besser war es, noch vor der entsetzlichen Stunde aufzubrechen. Und wenn er das nun mit einem wehmütigen Scheideblick auf das letzte geleerte Glas jeden Donnerstag tat und, von dem halb mitleidigen, halb spöttischen Abschiedsgruße des Herrn Sykora geleitet, den Weg nach dem

Schlosse antrat, da waltete ein bitteres Gefühl in seiner Brust, und er würde, wenn er sie gekannt hätte, mit eingestimmt haben in die Worte des römischen Dichters: nemo ab omni parte beatus.

III

Das alles hatte ich so nach und nach in Erfahrung gebracht, da ich oft genug als Gast in dem Schlosse verweilte, wo mir in einem kleinen Seitenflügel selbst dann noch zwei Zimmer zur Verfügung standen, als Herr Fridolin bereits die alleinige Schlüssel-Oberhoheit führte. Während eines solchen einsamen Aufenthaltes aber sollte mir ein noch tieferer Einblick in das Wesen des merkwürdigen Mannes vergönnt werden.

Es war im Winter und an einem jener Donnerstage, welche für ihn stets so peinvoll verliefen. Ich hatte wie gewöhnlich bei Herrn Sykora ziemlich spät Mittag gehalten und mich dann beim Kaffee in ein Buch vertieft, das ich, weil es mich sehr interessierte, zu mir gesteckt. Draußen heulte ein wilder Schneesturm, rüttelte an den Fenstern und pfiff durch die Röhre des eisernen Ofens, in welchem ein ausgiebiges Steinkohlenfeuer pustete. Es begann allmählich zu dämmern, und ich mußte das Buch weglegen. Aber ich fühlte mich, allein, wie ich war, so behaglich in der stillen, durchwärmten Gaststube, daß ich im Angesicht des Gestöbers ruhig sitzen blieb und eine zweite Zigarre anzündete, deren Rauch sich bläulich durch das Halbdunkel hinzog.

Da vernahm ich, wie draußen im Flur jemand wiederholt mit den Füßen aufstampfte – und weiße Flocken von Mütze und Mantel schüttelnd, trat Herr Fridolin herein. Bei meinem Anblick stutzte er und betrachtete mich forschend; als er mich erkannt hatte, machte er die gewohnte herablassend ehrerbietige Verbeugung. Dann schickte er sich an, an einem Nebentische Platz zu nehmen.

»Guten Abend, Herr Kohout«, sagte ich. »Aber warum setzen Sie sich nicht zu mir?«

Er zog die Brauen empor und krümmte leicht den Rücken. »Wenn Sie erlauben«, erwiderte er und ließ sich sachte, die beiden Handflächen aneinander reibend, mir gegenüber nieder. »Ein elendes Wetter«, fuhr er fort, indem er sich das Haar über der Stirne glattstrich. »Man sollte eigentlich keinen Hund hinausjagen.«

»Nun, es ist ja nicht so weit bis hierher«, sagte ich.

»Zum Glück nicht. – Aber wo bleibt denn der Wirt?« Er kehrte sich nach der Tür.

»Der wird wohl ein Nachmittagsschläfchen halten.«

»Ach was, er kümmert sich nicht, weil um diese Zeit gewöhnlich keine Gäste da sind. Ich pflege sonst auch erst später zu kommen. Heute aber muß ich schon um sechs Uhr wieder zu Hause sein. Wir haben nämlich ein Schweinchen geschlachtet, das nicht mehr fressen wollte. Da hat man die Hände voll zu tun – und zum Nachtmahl gibt es gleich die ersten Würste. Aber ich muß doch den Sykora herbeiläuten.« Und er begann die Schlagschelle, die auf dem Tische stand, kräftig zu bearbeiten.

Es dauerte nicht lange, so erschien auch der Ersehnte im Eiltritt und machte beim Anblick Fridolins eine Gebärde der Überraschung. »Schon so früh hier, Herr Schloßverwalter?!« rief er.

»Ausnahmsweise, ausnahmsweise«, erwiderte Herr Kohout, sichtlich verlegen, daß man ihn in meiner Gegenwart »Schloßverwalter« genannt hatte. »Aber es ist doch schon angezapft?«

»Gewiß, soeben, Herr Schloßverwalter. Es scheint heute ganz ausgezeichnet zu sein. Wird gleich erscheinen.« Damit ging Herr Sykora, der inzwischen die Hängelampe in der Mitte des Zimmers lichtspendend gemacht hatte, was einen scharfen Petroleumgeruch nach sich zog.

Als wir jetzt allein waren, rückte Fridolin an seinem Stuhl und räusperte sich. »Sie müssen schon entschuldigen, daß man mir einen Titel gibt, der mir eigentlich –«

»Nun«, unterbrach ich ihn, »was nicht ist, kann noch werden.«

»Vielleicht, vielleicht«, erwiderte er, halb verschämt, halb stolz abwehrend. »Und die Leute lassen es sich nun einmal nicht nehmen –«

Jetzt hatte Herr Sykora auch das funkelnde Glas gebracht, an dessen Rande der Schaum weiß und dicht wie Schlagsahne stand. Fridolin faßte den Henkel und hielt es prüfend gegen das Licht. Dann tat er einen kurzen, aber kräftigen Zug. »Wirklich ganz ausgezeichnet!« versicherte er, mit der Zunge schnalzend. »Aber Sie trinken das Bier nicht?« wendete er sich an mich und warf einen Blick auf die Kaffeetasse, die noch vor mir stand.

»O ja. Aber es ist mir noch zu früh.«

»Zu früh? Dieses Bier kann man zu jeder Zeit genießen – vorausgesetzt, daß es frisch ist. Es ist das gesündeste Getränk. Ich meinerseits betrachte es als eine Art Medizin.«

»Aber Sie sind ja doch ganz gesund, lieber Herr Kohout«, sagte ich, indem ich sein breites, glattrasiertes Gesicht betrachtete, das ein stattliches Doppelkinn aufwies.

»Nun, eigentlich ja. Gott sei Dank! Aber an gewissen Übelständen fehlt es nicht. Die kommen so mit den Jahren. Das Dienen greift den Menschen an.«

»Gewiß. Und Sie haben es nicht leichtgenommen.«

»Das darf man auch nicht«, sagte er, feierlich die Hand erhebend, »wenn man in seinem Berufe etwas leisten will. Und ' ich habe seit jeher den Beruf in mir gefühlt, Diener zu sein.«

»Ein seltenes Wort, Herr Kohout. Ein seltenes Wort in einer Zeit, wo jeder nur Herr sein will.«

»Das ist es. Man will sich nicht mehr unterordnen, und es wird sich bald kein Mensch finden lassen, der sich zu sogenannten niederen Verrichtungen herbeiläßt, obgleich dazu Eigenschaften erforderlich sind, von denen so irgendein hochnasiger Bursche keine Ahnung hat. Nehmen Sie zum Beispiel das Amt eines Hausknechtes. Sie wissen, daß ich als solcher gedient habe. Nun, das Reinigen der Treppen und Gänge ist wohl keine Kunst, und der Nächstbeste kann es treffen. Aber die Lampen! Um die instand zu halten, ist nicht bloß ein stark entwickelter Reinlichkeitssinn, sondern auch eine gelehrige, schmieg- und biegsame Hand notwendig.« (Er ließ seine fleischigen Finger in der Luft spielen.) »Und dann das Heizen! Da darf man nicht bloß das Holz in den Ofen schieben und den Span darunter, man muß sich auch überzeugen, ob es wirklich brennt. Denn jeder Ofen hat seine besonderen Mucken, die studiert werden müssen – geradeso, wie hinsichtlich der Temperatur die Empfindlichkeit der Zimmerbewohner studiert werden muß. Der Herr Graf, Erlaucht selig, zum Beispiel wollte es warm haben – aber nicht zu warm; Erlaucht die Frau Gräfin hingegen kühl – aber nicht zu kühl. Nun können Sie sich vorstellen, wie schwer das zu machen war. Und dann im Kinderzimmer! Da wachte der Doktor wie der Teufel darüber, daß immer auf einen bestimmten Grad geheizt sei – nicht eine Linie darüber und keine darunter. Da mußte man also das feinste Auge für das Thermometer besitzen. Aber auch die vielen und verschiedenartigen Gäste stellte ich zufrieden; sogar die Hofmeister und Gouvernanten. Unsere alte, lustige Französin behauptete immer, daß ich ein wahrer bijou sei, und die schöne Engländerin, die Miß Roberts, nannte mich nie anders als my dear Fridolin.«

Diese Fremdwörter, mit welchen Herr Fridolin offenbar seine ausgebreiteten Sprachkenntnisse erhärten wollte, wurden so eigentümlich vorgebracht, daß ich alle Mühe hatte, mein Lachen zu einem Lächeln herabzudrücken. »Ich weiß, ich weiß«, sagte ich, »Sie waren ein Liebling der Damen.«

»Nun ja. Aber ich habe mich auch rechtschaffen geplagt und nebenbei manches Unangenehme erdulden müssen. Und insofern begreif' ich es wohl, daß das Dienen nicht jedermanns Sache ist. Nun gar bei hohen Herrschaften. Die sind nicht gewohnt, Rücksicht zu nehmen. Zu jeder Stunde des Tages und der Nacht muß man zur Verfügung stehen. Empfindlich darf man schon gar nicht sein; denn die Worte werden nicht auf die Waagschale gelegt – und manchmal kommt es auch zu gewissen Handgreiflichkeiten. Auch muß man Spaß verstehen, wenn einen die jungen Herren unversehens überreiten – oder einem eine Ladung Vogeldunst nach hinten versetzen. Manchmal beliebt es ihnen sogar, einem, wenn man gerade im besten Schlafe liegt, den Strohsack unter dem Leibe anzuzünden und im entscheidenden Augenblicke einen Kübel Wasser über das Ganze auszugießen. Da heißt es, gute Miene zum bösen Spiel machen – und mitlachen; denn merken sie, daß es einen verdrießt, treiben sie's noch ärger. Nun jeder Stand hat seine Schattenseiten, und überall gibt es irgend etwas hinunterzuschlucken. Manchmal noch weit Ärgeres – wenn es auch nicht darnach aussieht. Und schließlich wird unsereins für seine Ausdauer belohnt. Ich selbst zum Beispiel verdanke alles, was ich jetzt bin und habe, eigentlich doch nur einem solchen Spaß – wenn er mir auch bald das Leben gekostet hätte.«

»Wieso?«

»Nun hören Sie. Es war in einem sehr strengen Winter und der Eissport auf dem großen Teiche im Park wurde eifrig betrieben. Eines Sonntags ging es dort besonders lebhaft zu; denn aus der Nachbarschaft hatte sich von allen Seiten Besuch eingefunden. Ich stand damals schon im Dienste meines Herrn und mußte mich gleichfalls auf dem Eise halten, um Schlittschuhe zu schnallen, Zigaretten und Kognak herumzureichen. In der Mitte des Teiches war der Fische wegen eine viereckige Öffnung ausgehackt, gerade so groß, daß ein Mensch hindurch konnte. Anfänglich bewegte man sich auf Distanz daran vorbei; dann aber wurden die jungen Kavaliere immer übermütiger und suchten sich gegenseitig dem Loche zuzudrängen, damit irgendeiner zum Vergnügen der anwesenden Komtessen, die nur darauf zu warten schienen, hineinplumpse; was jedoch nicht so leicht angehen wollte, denn sie waren alle fix und gewandt wie die Teufel. Ich mußte mich entfernen, um schwere Zigarren zu holen, die verlangt wurden, und süßen Likör für die Damen. Wie ich nun, das Kistchen in der einen, die Flasche in der anderen Hand, eiligst zurückkehrte, ruft einer – der junge Graf von Ostrov war's –: »Holla! Der Fridolin! Den sollte man untertauchen!« – »Ja, ja, untertauchen! Den Fridolin untertauchen!« schrien alle durcheinander, die Komtessen nicht am wenigsten. Nun stellen Sie sich meine Situation vor. Ich war durch das Hinundherrennen ganz in Schweiß gekommen – und nun sollte ich ins Eiswasser hinein! Das Herz stand mir still vor Angst. Aber ich ließ es nicht merken, sondern suchte eine lächelnde Miene anzunehmen, als wäre mir die Sache ganz egal. Damit hatte ich schon manchmal Ähnliches von mir abgewendet. Aber diesmal half's nicht. Man stürzte auf mich los, packte mich bei den Füßen und schob mich kopfüber durch das verdammte Loch. Mir vergingen sofort die Sinne, und halbtot zogen sie mich heraus. Nun wurde ich freilich gleich zu Bett gebracht, frottiert, und als ich wieder zu mir selber kam, mußte ich siedend heißen Grog literweise in mich hineintrinken. Aber es nützte nichts. Schon nach einer halben Stunde brach hitziges Fieber – und im Laufe der Nacht eine Lungen- und Rippenfellentzündung aus. Da hätten Sie aber meinen jungen Herrn sehen sollen! Er hatte mehr Angst, daß ich stürbe, als ich selbst. Der Hausarzt genügte ihm nicht; es mußte um einen Professor nach Wien telegraphiert werden, und stundenlang saß er an meinem Bette, mir in einem fort Trost zusprechend, wie die Mutter dem kranken Kinde. Und sehen Sie« – er schlug auf seinen breiten Brustkasten –, »ich bin wieder gesund geworden. Erlaucht aber behütete mich seit jener Zeit wie seinen Augapfel. Kein unliebsames Wort hat er mir mehr gegeben, weder im Scherz noch im Ernst – und ist mir bis heute ein gnädiger, fürsorgender Herr geblieben. Und nun kann ich es Ihnen ja anvertrauen, daß ich die Hoffnung, ja die Gewißheit habe, bei Geburt seines nächsten Sprößlings, der bereits auf dem Wege ist und voraussichtlich der erwartete Sohn und Stammhalter sein wird, zum Schloßverwalter ernannt zu werden.«

»Ich gratuliere. Dann haben Sie ja auch den Gipfel Ihrer Wünsche erreicht. Sie sind in der Tat ein glücklicher Mann!«

»Ja«, sagte er, den Kopf zurückwerfend, »ich habe alle Ursache, Gott zu danken, und möchte, offen gestanden, mit niemandem auf Erden tauschen – nicht einmal mit einem Hofrat. Aber werden Sie es glauben«, fuhr er nach einer Pause, mehr zu sich selbst sprechend, fort, »werden Sie es glauben, daß ich einmal auf dem Punkte stand, meine ganze Zukunft in den Wind zu schlagen – daß ich nahe daran war, einen der tollsten, wahnsinnigsten Streiche zu begehen, die jemals –« Er unterbrach sich, wie von einem innerlichen Grauen überwältigt.

»Was? Sie? – und einen tollen, wahnsinnigen Streich? Ein so bedächtiger, vernünftiger Mann –«

»Und doch war es so.«

»Und was könnte Sie bewogen haben?«

»Die Liebe!« sagte er emphatisch, mit erhobener Hand gegen die Stubendecke blickend.

»Die Liebe? Ja, sollte denn Ihre Frau –?«

»Wer spricht von meiner Frau!« rief er abwehrend. »Die habe ich ja gar nicht geliebt – das heißt, damals nicht, obgleich ich sie bereits kannte. Ich habe sie erst später lieben gelernt. Und dann – es war auch nicht, was man so für gewöhnlich Liebe nennt: es war eine Leidenschaft.«

»Eine Leidenschaft? Wahrlich, Herr Kohout, wenn ich Sie so betrachte und mir Ihr ganzes Wesen vergegenwärtige, scheint es mir fast unmöglich, daß Sie jemals –«

»Es ist mir eigentlich selbst ein Rätsel. Und doch wenn Sie die Person gekannt hätten, die mich so weit gebracht –« Er schwieg, in Erinnerungen versinkend.

»Aber das ist ja höchst interessant!« rief ich aus. »Möchten Sie mir denn nicht Näheres mitteilen?«

Er hob den Kopf und überlegte. »Nun, wenn es Sie wirklich interessiert, in Gottes Namen. Obgleich ich mich vor Ihnen bloßstelle. Aber Sie sind Schriftsteller und können einen Roman daraus machen. Der Teufel weiß, wie mir die ganze Geschichte gerade jetzt wieder in den Sinn gekommen ist.« Er schlug wuchtig auf die Tischglocke, denn sein Glas war längst geleert. »Ein Stündchen haben wir noch Zeit«, sagte er dann, nach der Wanduhr blickend, die eben fünf wies.

Herr Sykora hatte wieder das Glas gefüllt. Fridolin tat, wie um sich zu stärken, einen langen Zug. Hierauf setzte er die Zigarre in Brand, die ich ihm angeboten, und begann zu erzählen, was ich da niederschreibe. Freilich nicht ganz so, wie er es vorgebracht, nicht mit seinen höchsteigenen Worten – wie wäre dies auch möglich? Aber doch in seinem Sinne – und wie es mir eben im Gedächtnisse haftengeblieben ist.

IV

»Zur Zeit, da ich noch als Hausknecht diente, befand sich unter den vielen Frauenzimmern, die in der herrschaftlichen Waschküche beschäftigt waren, auch ein Mädchen, das Milada hieß. Ein noch blutjunges Ding, nicht viel über fünfzehn, mager und aufgeschossen wie eine Bohnenstange. Aus dem schmalen blassen Gesicht, das noch dazu immer von einem verblichenen Kopftuche halb verhüllt war, blickten zwei große Augen, schwarz und glänzend wie Steinkohle. Sie war die jüngste Tochter eines Maschinenschlossers, der bei den Eisenwerken in Arbeit stand. Frühzeitig Witwer geworden, besaß er vier heranwachsende Kinder, davon jedes, sobald es nur anging, in seiner Art Geld verdienen mußte. Der mürrische, hartherzige Vater sprach mit ihnen die ganze Woche hindurch kaum ein Wort; nur an den Sonnabenden, wo sie ihm das Erworbene ablieferten, brummte und schalt er, wenn er sah, daß das eine oder das andere ein paar Kreuzer für sich selbst verwendet hatte. Was nun Milada betrifft, so wurde sie im Schlosse fast gar nicht beachtet, denn sie nahm sich, wie gesagt, sehr unscheinbar und unfertig aus. Selbst die Stallburschen, die in der Nähe der Waschküche hausten und gern allerlei Unfug trieben, fühlten sich nicht versucht, mit ihr zu schäkern; höchstens, daß sie ihr, wenn sie gerade vorüberkam, einige höhnische Worte nachriefen. Mir aber gefiel sie, weil sie immer still vor sich hin blickte und unverdrossen ihrer Hantierung nachging, die ihrem schmächtigen Körper große Anstrengungen auferlegte. Mir tat das Herz weh, wenn ich sah, wie sie keuchend schwere Körbe mit Wäsche oder gefüllte Eimer trug, die ihr fast die Arme aus den Schultern renkten. Und wenn ich gerade Zeit hatte, war ich ihr in der einen oder andern Weise behilflich, soweit dies, ohne daß es auffiel, geschehen konnte. Denn ich wollte mir vor den anderen nichts vergeben; auch befolgte ich den Grundsatz, daß ich mich von Weibsleuten so fern wie möglich halten müsse. Denn Liebschaften und nun gar solche mit Nebenbediensteten – machen zerstreut, lenken von der Arbeit ab und können, da ja Gelegenheit geboten ist, leicht zu den ärgsten Unzukömmlichkeiten führen.«

»Das war sehr wohl überlegt, Herr Kohout«, unterbrach ich ihn. »Daran erkenne ich Sie.«

»Ja, ich habe sehr früh begonnen, zu überlegen und alle Verhältnisse in Betracht zu ziehen. So blieb es auch dabei, daß ich mich der Milada nicht weiter näherte, obgleich sie, wie es mir schien, nichts dagegen gehabt hätte. Nur einmal, als gerade Jahrmarkt war, kaufte ich ein hübsches blaues Tuch mit weißen Tupfen und steckte es ihr heimlich zu. Ich sah, wie sie vor Freude ganz rot wurde. Dann sagte sie mit ihrer hellen, aber sanften Stimme, die sie selten genug vernehmen ließ: »Ich danke dir, Bedrich« – ich hörte es gern, daß sie mich nicht wie die anderen Fridolin nannte –, »ich danke dir. Das Tuch gefällt mir sehr.« Ich gestehe, daß es mich nun anwandelte, sie zu umarmen und zu küssen, denn wir befanden uns ganz allein in dem schmalen Hinterhofe, wo sie eben einige Stücke feiner Putzwäsche an die Trockenleine hängte. Aber ich beherrschte mich und eilte fort – und von dem Tag an wich ich ihr absichtlich aus, denn ich fühlte, daß jetzt die größte Gefahr drohe. Zudem verlor ich sie ohnehin bald gänzlich aus den Augen. Ihre ältere Schwester, die dem Vater die Wirtschaft führte, war erkrankt – und da mußte sie nun selbst einspringen. Dann kam ein Winter, den die Herrschaft in Wien zubrachte. Im nächsten Sommer jedoch war Milada wieder bei der Arbeit in der Waschküche, und da konnte man wahrnehmen, daß sie sich inzwischen schon sehr entwickelt hatte; auch ihr Gesicht war um vieles schöner und lieblicher geworden. Aber sosehr es mich zu ihr hinzog, hielt ich mich doch zurück; denn ich war damals gerade in die Dienste meines jungen Herrn getreten, und da war, wie Sie begreifen, doppelte Vorsicht geboten.«

»Ich bewundere Ihre Selbstbeherrschung.«

»Ja, damals beherrschte ich mich. – Nun traf es sich, daß die Herrschaft einen Maler zu Gast hatte. Einen Professor an der Kunstakademie – vielleicht kennen Sie ihn –, der die Ferien hier zubringen wollte. Er war schon ein älterer Mann – an die Fünfzig, aber noch sehr frisch und lebenslustig – und dabei von so ungezwungenem Benehmen, daß es schon einigermaßen ans Unanständige grenzte. Kein Mädchen im Schlosse war vor ihm sicher – meine Frau, die damals bei den Komtessen war, hat mir noch später davon erzählt. Aber auch sonst trieb er sich überall herum, wo er bunte Röcke vermutete: im Wirtschaftshofe, bei der Dreschscheune – ja selbst im Kuhstall. Und dabei hatte er nicht einmal die Ausrede, daß er nach Modellen suche, denn er malte bloß Landschaften, in welchen kein lebendes Geschöpf zu sehen war. So trat er denn auch eines Tages seinem vollen Umfange nach – er war nämlich sehr dick – ganz plötzlich in die Waschküche, zum Entsetzen der Weiber, die sämtlich, der Augusthitze wegen, sowenig wie möglich am Leibe hatten. Alle schrien und kreischten durcheinander und suchten ihre Blößen, so gut es anging, zu verbergen. Das aber machte ihm den größten Spaß, und lachend schritt er von der einen zur anderen, unbekümmert um das Seifenwasser, das man ihm von allen Seiten zur Abwehr entgegenspritzte. So war er durch das Getümmel und den Qualm, der in der Küche herrschte, bis in die Plättkammer vorgedrungen, wo einige Mädchen bei ihrer Arbeit am Laden standen, darunter auch Milada. Als der Professor sie erblickte, machte er halt und betrachtete sie mit offenem Munde. Wenigstens fünf Minuten lang hat er sie so angestarrt, den Kopf hin und her wiegend, ohne ein Wort zu sprechen. Dann drehte er sich auf dem Absatz um und ging.

Bei Tafel aber erzählte er den Herrschaften, die an seiner Weise Gefallen fanden, er sei in der Waschküche gewesen und habe dort ein Mädchen angetroffen, das er als Schönheit ersten Ranges bezeichnen müsse. Namentlich, was ihren Wuchs betreffe; denn in dieser Hinsicht könne sie jedem Bildhauer Modell stehen zu einer Hebba oder Hebbe – eine solche weibliche Gottheit nannte er. Anfangs lachte man ungläubig, besonders die französische Gouvernante; die Frau Gräfin-Mutter jedoch, welche, wie Sie ja wissen, eine sehr kunstsinnige Dame ist und an derlei großes Interesse nimmt, gab nach Tisch ihrer Kammerfrau den Auftrag, die Beschließerin zu rufen. Diese wurde angewiesen, das Mädchen unter einem passenden Vorwande ins Schloß zu bringen. So trat denn Milada, die sich nur rasch das Haar zurechtgestrichen hatte, bald darauf mit einem Korbe voll eben geplätteter Tafelwäsche, die vorgezeigt werden sollte, in den Salon, in welchem sich außer dem Professor nur die Damen befanden; die Herren hatten sich in das Rauchzimmer zurückziehen müssen. Milada wurde nun von allen Seiten betrachtet, man richtete einige Fragen an sie, und nachdem sie wieder gegangen war, erhob sich ein großer Meinungsstreit. Die Komtessen sowie die meisten der anwesenden Damen wollten das Urteil des Professors nur mit bedeutenden Einschränkungen gelten lassen; die alte Mamsell soll sogar heftig abwehrend gestikuliert und etwas wie mauvals goût haben verlauten lassen. Aber Ihre Erlaucht legte sich ins Mittel und sagte: »Nein, nein, der Herr Professor hat sich als sehr feiner Kenner erwiesen. Das Mädchen ist wirklich von ganz besonderer Schönheit. Aber in ihrem Blick ist etwas, das mir nicht gefallen will. Ich halte diese Milada für eine gefährliche Person.«

Begreiflicherweise – denn die Wände haben Ohren – verbreitete sich das alles gleich einem Lauffeuer und erweckte die Eifersucht der übrigen weiblichen Bediensteten im höchsten Grade. Man ließ nicht ab, Milada zu begaffen, zu belauern, zu kritisieren, und zerbrach sich den Kopf darüber, wie der Ausspruch Ihrer Erlaucht, daß sie das Mädchen für eine gefährliche Person halte, eigentlich zu verstehen sei. Einige meinten, die Herrin habe Anlagen zum Diebstahl oder zu sonstigen Verbrechen bei ihr wahrgenommen. Die Kammerfrau aber, welche auf ihre eigene, freilich schon etwas schadhafte Schönheit sehr stolz war, lächelte überlegen und sagte, es wäre wohl möglich, daß auch solche Anlagen vorhanden seien, Ihre Erlaucht jedoch habe den Ausspruch lediglich mit Beziehung auf das männliche Geschlecht getan und da könne sie (die Kammerfrau) nicht einsehen, weshalb gerade diese Wäscherin gefährlicher sein sollte als andere.

Mir aber war bei dem Gerede und Gezischel recht übel zumute. Denn obgleich ich, wie Sie wissen, jede Annäherung an Milada vermied, so hatte ich sie doch sozusagen ins Herz geschlossen – und wer weiß, was im Laufe der Zeit geschehen wäre, wenn die Frau Gräfin jene Bemerkung nicht gemacht hätte, die mich nun vollends abschreckte.«

»Sehr begreiflich!« stimmte ich bei. »Und hat sich in der Folge irgendwie herausgestellt –«

»Nur zu bald. Denn schon in nächster Zeit traf hier zu Besuch ein polnischer Fürst ein, der allerlei Dienerschaft mitbrachte, darunter auch einen sogenannten valet de chambre, der sich auf den Franzosen hinausspielte, in Wirklichkeit aber nichts anderes war als ein Coiffeur oder Barbiergeselle aus irgendeiner polnischen Stadt. Er hatte auch nichts weiter zu tun, als seinen Herrn drei- oder viermal des Tages zu frisieren und ihm den feinen rötlichen Bart zu kräuseln. Alles übrige besorgte ein Leibjäger in verschnürtem Kaftan, und so konnte der Schwengel die Zeit mit Flanieren hinbringen, gewöhnlich von Kopf bis zu Fuß weiß angezogen, eine bunte Krawatte vorgesteckt, die Hände in den Hosentaschen und eine kaum sichtbare Zigarette zwischen den Lippen. Dabei behandelte er uns herrschaftliche Diener so von oben herab; selbst die Frauenzimmer übersah er – bis er endlich eine ausgeschnüffelt hatte, die nach seinem Geschmack war. Als ich eines Morgens an dem Hinterhofe vorbeiging und, ohne an etwas zu denken, durch das offene Tor blickte, sah ich, wie er bei Milada an der Trockenleine stand und zärtlich in sie hineinredete. Ich gestehe, daß mich eine wahnsinnige Eifersucht befiel. Es trieb mich, auf den windigen Kerl loszustürzen und ihn an der Kehle zu packen. Aber ich beherrschte mich, und unbemerkt ging ich wieder, obgleich es mir fast das Herz abdrückte. Bald darauf war Milada nicht mehr im Schlosse zu sehen, denn ihre Schwester hatte geheiratet und mußte im Hause des Vaters ersetzt werden; auch der Fürst blieb nicht mehr lange und reiste mit seinen Leuten ab. Ich aber konnte die Geschichte nicht aus dem Sinn bringen, sie ließ mir bei Tag und Nacht keine Ruhe; ich war steinunglücklich. Erst im Verlauf des Winters, nachdem ich mit meinem jungen Herrn nach Italien gegangen war, wurde mir leichter. Vergessen konnte ich freilich nicht; denn noch in Neapel habe ich des Nachts einen bösen Traum gehabt, der mich an alles wieder erinnerte. Als es aber gegen Ende Mai an die Heimkehr ging, da nahmen meine Gedanken eine andere Wendung und beschäftigten sich ganz angenehm mit Milada. Wie es ihr während der ganzen Zeit ergangen sein möchte? Wie sie zu mir reden würde, wenn ich sie aufsuchte? Und dergleichen mehr. Freilich drängte sich auch immer das Bild des verdammten polnischen Haarkräuslers dazwischen. Aber der war fort – und das Ganze brauchte ja nicht mehr gewesen zu sein als so eine kleine Liebelei, an die sie vielleicht gar nicht mehr dachte. Kurz, ich empfand eine große Sehnsucht nach ihr und konnte es kaum erwarten, wieder an den Ort zu gelangen, wo ich in ihrer Nähe war. So geschah es auch, daß mein erster Gang im Schlosse der Waschküche galt. Ich wußte wohl, daß ich sie dort nicht finden würde; aber ich konnte etwas über sie erfahren von den anderen Weibern.

Die standen, als ich eintrat, von ihren Trögen entfernt in einem Haufen beisammen und bemerkten mich gar nicht. Denn sie sprachen, mit den Armen in der Luft herumfuchtelnd, über etwas, das sie offenbar in große Aufregung versetzte. Da sie aber alle durcheinanderschrien, konnte ich nicht verstehen, um was es sich eigentlich handelte; nur den Namen Milada glaubte ich wiederholt zu vernehmen.

Endlich gewahrte mich eine. »Je, der Kohout!« rief sie, Und die anderen darauf, sich mir zuwendend: »Der Kohout! Der Bedrich! Der Fridolin! Der wird sich auch wundern!«

»Was gibt es nur?« schrie ich sie an. »Was habt ihr denn?«

»Die Milada! Die Milada!«

»Was ist's mit der Milada?«

Und nun alle wie mit einer Stimme: »Ihr Kind hat sie umgebracht! Das Kind, das sie von dem französischen Kammerdiener gehabt hat! Vor einer halben Stunde hat sie der Gendarm vom Hause weggeholt!«

Mir war's, als hätte ich einen Schlag vor den Kopf und einen Messerstich ins Herz bekommen. Was ich darauf erwiderte und wie ich aus der Waschküche herauskam, weiß ich heute nicht mehr ...«

Er sank erschöpft in sich zusammen und trank langsam die Neige seines Bieres aus. »Drei Jahre hat man ihr gegeben«, schloß er jetzt mit dumpfer Stimme.

Eine Pause trat ein.

»Lieber Herr Kohout«, sagte ich endlich, »das ist allerdings eine Geschichte, die Ihnen sehr nahegegangen. Aber von einer so besonderen Leidenschaft Ihrerseits habe ich, offen gestanden, bis jetzt nicht viel bemerken können.«

»Warten Sie nur!« erwiderte er, die Hand erhebend. »Ich muß mir erst ein frisches Glas bestellen. Sie sehen ja, daß ich noch jetzt ganz angegriffen bin.«

Nachdem das Glas erschienen war und Herr Fridolin sich gelabt hatte, fuhr er folgendermaßen fort:

V

»So schwer mich, wie gesagt, dieses Ereignis traf, so war es doch ein solches, das gewissermaßen ein Heilmittel in sich selbst trug: es war eben zu arg. Wie konnte, wie durfte ein Mensch, wie ich, fernerhin an eine Zuchthäuslerin – an eine Kindesmörderin auch nur denken! Abscheu und Verachtung mußten da jedes andere Gefühl ersticken. Auch trat ich nicht lange darauf mit meinem Herrn die große Reise nach Paris, London und übers Meer an. Da lernte ich die Welt kennen, von der ich bis jetzt nur ein winziges Stückchen gesehen hatte; läßt sich doch Italien, sosehr kunstverständige Leute dafür schwärmen, mit Frankreich und England nicht vergleichen – geschweige mit Amerika, das die Großartigkeit selbst ist. Ich konnte bei unserer Rückkehr sagen, daß ich mich in jeder Hinsicht ausgebildet hatte, und so durfte ich mich auch der Hoffnung hingeben, mit der Zeit Kammerdiener im gräflichen Hause zu werden. Dies war damals das höchste Ziel, welches mir vor Augen schwebte; denn daß ich einmal eine Stellung wie meine jetzige erreichen würde, ließ ich mir ja nicht träumen.

So vergingen zwei Jahre. Da traf es sich, daß mein Herr wieder einmal für ein paar Tage zur Hühnerjagd nach Ostrov ging. Das dortige Schloß hat keinen Überfluß an Räumlichkeiten, daher auch die Jagdgäste ihre Diener nicht mitzunehmen pflegten. Somit hatte ich Ferien, die ich vergnüglich ausnützen wollte. Vor allem dachte ich daran, den Förster Brodsky im Tiergarten-Revier zu besuchen. Der alte Mann, der inzwischen gestorben ist, sah es gerne und war sehr stolz darauf, wenn jemand aus dem Schlosse, der der Herrschaft näherstand, in seine Waldeinsamkeit kam; auch hatte er gutes Bier eingelagert; freilich nur Landbier; aber damals war ich durch das Pilsener noch nicht verwöhnt.

Sie wissen, um zu dem Forsthause zu gelangen, muß man an dem sogenannten Feenteich vorüber. Dorthin begab sich früher, als die erlauchten Kinder erst heranwuchsen, die Herrschaft an schönen Nachmittagen sehr oft. Man nahm allerlei Erfrischungen mit, lagerte sich unter den hohen Fichten am Ufer, fischte oder trieb sich in kleinen Booten auf dem spiegelhellen Wasser umher. Aber schon zu jener Zeit war es dort sehr öde. Die Kähne lagen umgekippt auf der

Böschung und vermorschten zusamt der Badehütte, die kaum mehr ein Mensch benützte.

Als ich mich so gegen Abend dem Teiche zubewegte, sah ich jenseits auf dem brüchigen Stieglein der Hütte eine Frauensperson sitzen, die sich sonderbar ausnahm. Ihr Haar war gelöst, so daß es in langen schwarzen Strähnen Schultern und Rücken bedeckte; das Kleid hatte sie teilweise aufgeschürzt, und einer ihrer Füße hing nackt und bloß ins Wasser hinein. Das Gesicht konnte ich nicht sehen; denn sie saß mit gesenktem Kopfe von mir abgewandt. Als ich näher kam, blickte sie mit einer halben Wendung auf – und nun erkannte ich Milada. ja, sie war es, die jetzt mit einem Schrei emporfuhr, das Stieglein hinan und längs der Uferwandung mit fliegenden Haaren herbeieilte. Bedrich! rief sie, die Arme ausbreitend, Bedrich!

Mir war, als hätte mich der Blitz getroffen. Ich fühlte es wie Blei in den Beinen; aber ich trachtete, so rasch wie möglich fortzukommen, ohne mehr einen Blick auf sie zu werfen.

»Aber Bedrich! so warte doch!« rief sie. Ich blieb jetzt stehen, denn sie war schon dicht hinter mir her, und geradezu davonlaufen wollt' ich nicht; das hielt ich unter meiner Würde. »Na, was gibt's?« rief ich, so barsch ich nur konnte.

Nun stand sie vor mir und warf mit beiden Händen das Haar zurück. »Kennst du mich nicht mehr?« fragte sie, schwer atmend.

Ich hatte mich inzwischen gefaßt. »O ja, ich kenne dich schon« erwiderte ich, »aber gerade deswegen –«

»Verachtest du mich«, sagte sie mit einem bösen Blick. »Verachtest du mich, weil ich ins Unglück gekommen bin. Aber wer war schuld daran? Du!«

»Ich!?«

»Ja, du!« wiederholte sie und sah mich mit den schwarzen Augen fest und eindringlich an. »Kannst du's leugnen, daß du mich gern gehabt hast?«

»Wer sagt das?«

»Du hast mich gern gehabt – sehr gern. Hast mich's auch anfangs merken lassen. Aber du wolltest es vor den andern nicht zeigen –

aus Furcht, es könnte dich in Verruf bringen und dir schaden. Und als du beim jungen Herrn Bedienter geworden bist, hast du dich ganz von mir abgekehrt. Das hat mir weh getan; denn ich hab' dich lieb gehabt. Und deshalb hat's auch der Franzos' durchgesetzt.«

Ich weiß nicht, wie es kam, aber ich ärgerte mich, daß sie den Lumpen so nannte. »Das war kein Franzos'«, rief ich, »das war ein Polack!«

»Meinetwegen! Mir war ja der Mensch mit seinen angefaulten Zähnen gleich im Anfang zuwider. Aber er ist immer um mich herumgestrichen wie ein spinnender Kater. Auch zu Haus hatt' ich keine Ruh' vor ihm. Brief auf Brief hat er mir geschrieben und mir goldene Berge versprochen, wenn ich ihn heiraten wollte. Er werde sich selbständig machen und irgendwo in einer großen Stadt ein Geschäft einrichten. Da gab ich zuletzt nach. Und als ich am Kirchtag mit ihm zum Tanz ging – da war's auch geschehen. Am nächsten Morgen ist er mit seinem Herrn abgereist – auf Nimmerwiedersehen. Er hat's gewußt – ich nicht.«

»Deshalb durftest du doch dein Kind nicht umbringen.«

»Mein Gott, ich war verzweifelt! Und eigentlich wollt' ich's ja auch nicht umbringen. In meiner Angst vor dem Vater hab' ich's zwischen Tannenreisern versteckt. Die lagen auf einem Haufen in der Ecke des Hofes, wo ich es spätnachts in dem offenen Scheunchen zur Welt gebracht. Als ich beim ersten Dämmern hinging, um nachzusehen, war es schon tot. Und da hab' ich den Kopf verloren und hab's im Nachbargarten verscharrt, wo man's gefunden hat. Aber was weißt du«, fuhr sie aufschluchzend fort, »was weißt du, was in einem unerfahrenen Mädel vorgeht, das die längste Zeit gar nicht begreift, wie etwas, das ihm nur Ekel gemacht, solche Folgen haben kann! Auch die Geschworenen wußten's nicht, die mich schuldig gesprochen. Doch nun ist's abgebüßt. Ein Jahr hat man mir sogar geschenkt, weil ich mich brav gehalten da drinnen. Und jetzt darfst du mich nicht verlassen.«

»Was soll das heißen?«

»Heiraten mußt du mich, Bedrich! Und dabei trat sie ganz an mich heran und wollte mir die Arme um den Hals schlingen.

Das war mir zuviel; ich stieß sie unsanft zurück. »Du bist närrisch!« sagte ich kurz und wendete mich zum Gehen.

Sie hielt mich am Arm fest. »Nein, ich bin nicht närrisch!« rief sie. »Ich will dir sagen, weshalb ich vorhin dort am Teich gesessen bin. Hinein wollt' ich. Was blieb mir auch anderes übrig? Beim Vater halt' ich's nicht aus; der wollte mir ohnehin gleich die Tür vor der Nase zuschlagen.

Ein Dienst ist auch jetzt nicht so bald zu bekommen – und eine ganz Schlechte, wie ich sie da drinnen kennengelernt, möcht' ich nicht werden. Aber ich hab' noch zum letztenmal nachgedacht, ob es nicht doch einen Weg gäbe, der mich aus dem Elend hinausführt, ohne daß ich's notwendig hätte, mich umzubringen. Da erblickte ich dich! Das war mir wie ein Fingerzeig!«

Mir war bei dem allem ganz wirblig im Kopfe geworden. Ich konnte mich, obgleich ich es wollte, nicht losmachen und blieb halb abgewendet stehen.

»Du hast mich ja noch immer gern! Nicht wahr, Bedrich! Schau mich nur an!« drängte sie.

Ich tat wirklich, was ich vermeiden wollte, und blickte nach ihr hin. Sie stand da, leicht vorgebeugt, die Augen lauernd auf mich gerichtet. Über ihr loses Kleid fielen die Haare bis zur Kniebeuge hinab, und trotz des geheimen Grauens, das ich vor ihr empfand, sah ich, wie schön sie war – eigentlich noch viel schöner als früher, trotz der zwei Jahre, die sie im Zuchthaus gesessen.

»Und ich hab' dich auch noch gern« fuhr sie fort. »Darum wirst du mich nicht verlassen!«

Sie brachte ihr Gesicht dem meinen so nahe, daß ich ihren Atem spürte. Ich fühlte, wie meine Kraft schwand, und sagte fast kläglich: »Aber was soll ich denn tun? Du mußt doch einsehen, daß es unmöglich ist – ganz unmöglich –«

»Warum sollt' es unmöglich sein?(unterbrach sie mich rasch. »Wenn du nur willst! Das andere wird sich schon finden. – Aber wohin gehst du denn jetzt eigentlich?«

Diese Frage gab mir die Besinnung wieder.

»Ich muß zum Förster«, antwortete ich kurzweg. »Und das gleich.«

»Nun, geh nur, geh«, sagte sie, »ich halte dich nicht länger. Aber morgen kommst du wieder hierher.«

»O nein, das werd' ich nicht tun!«

»Du wirst schon« erwiderte sie, indem sie mir schmeichelnd das Kinn berührte. »Du hast doch Zeit?«

Ihre Zuversicht brachte mich auf. »O ja, Zeit hätt' ich schon«, rief ich hochmütig, »denn mein Herr ist auf der Jagd in Ostrov. Aber ich werde nicht kommen.«

Sie beachtete meine Weigerung gar nicht und sagte nachdenklich: »Das trifft sich ja gut. Da kann ich dich gleich in der Früh' erwarten. So um acht oder neun. Nicht wahr, du kommst?« fügte sie jetzt, mich zärtlich anblickend, hinzu. Und eh ich mich dessen versah, hatte sie mich mit beiden Armen umfaßt und mir einen Kuß auf den Mund gedrückt.

Ich riß mich mit Gewalt los und eilte fort.

VI

Ich war aber kaum fünfzig Schritte weit in den Wald hineingegangen, als ich den Kuß gewissermaßen nachzuschmecken begann; es war mir, als spürte ich die weichen, warmen Lippen Miladas noch immer auf den meinen. Auch kam mir alles, was sie da gesprochen und vorgebracht hatte, in den Sinn, und je länger ich darüber nachdachte, je mehr wollte es mir scheinen, daß sie eigentlich recht habe. Ja, wenn ich damals mit beiden Händen zugegriffen hätte, es wäre für sie alles anders gekommen! Ich war froh, daß ich endlich das Forsthaus erreicht hatte und so auf andere Gedanken gebracht wurde. Der freudige Empfang, der mir zuteil wurde, die neugierigen Fragen, die der Alte und seine Frau an mich richteten, verscheuchten meine Grillen, so daß ich nach dem Nachtmahl noch ein paar ganz heitere Stunden zubrachte, indem ich mit dem Förster wacker drauflostrank. Aber während des Heimweges durch den stillen, lautlosen Wald überfiel es mich von neuem. Es war eine helle Mondnacht, und als ich wieder an dem Feenteich vorüberkam, da drehte sich mir das Herz förmlich im Leibe herum. Daß ich zu Hause nicht einschlafen konnte, begreifen Sie wohl; und als es endlich geschah, hatte ich die verworrensten und schreckhaftesten Träume. Ich sah das tote Kind versteckt zwischen den Reisern liegen; Milada stand dabei und weinte bitterlich. Plötzlich aber befand ich mich selbst neben ihr – und da lachte sie laut auf und klatschte in die Hände. »Ach, Bedrich, da bist du! Nun ist alles gut! Du bist ja der Vater!« Und nun kamen zwei Gendarmen, um uns zur Trauung in die Kirche zu führen. So tolles Zeug träumte mir.

Als ich am Morgen wie zerschlagen erwachte, überfiel mich sofort der Gedanke, daß sie mich heute am Teich erwarte. Hingehen darfst du nicht, sagte ich zu mir selbst, um keinen Preis – sonst bist du ein verlorener Mann! Aber da kam mir der marternde Zweifel, ob denn die Sache, wenn ich nicht hinginge, auch wirklich abgetan wäre? Nein: Milada wird nicht nachgeben, wird alles anwenden, deiner habhaft zu werden. Sie wird jede mögliche Gelegenheit benützen, um dich zu umgarnen. Sie wird dir auflauern – wird sich am Ende vielleicht gar ins Schloß einschleichen! Nein, das wäre entsetzlich! Und so überredete ich mich schließlich, daß es am geratensten sei, hinzugehen und mit entschiedenem Ernst das letzte

Wort zu sprechen. Nur so war es möglich, sie zur Überzeugung zu bringen, daß zwischen ihr und mir keine Gemeinschaft bestehen könne. Infolgedessen machte ich mich auch um die achte Stunde auf den Weg.

Je näher ich dem Orte kam, desto heftiger pochte mir das Herz. Ich fühlte, daß ich einem schweren Kampfe entgegenging, bei welchem mich der Anblick Miladas wehrlos machen würde. Wiederholt dachte ich daran, umzukehren – aber es zog mich immer wieder vorwärts.

Als ich eintraf, saß sie schon in einiger Entfernung vom Ufer auf einer Schicht abgeholzter Baumstämme. Ich hatte vorausgesetzt, daß sie mir entgegeneilen würde, und mich schon zur Abwehr einer Umarmung bereit gehalten. Ich war also fast enttäuscht, als sie sitzen blieb und mich immer näher an sie herankommen ließ. Endlich erhob sie sich und ging langsam auf mich zu.

»Grüß dich Gott, Bedrich! sagte sie ganz ruhig.

Ich schwieg und suchte eine strenge Miene anzunehmen, was mir aber nicht gelang, denn ich mußte sie, ob ich nun wollte oder nicht, mit Wohlgefallen betrachten. Sie trug heute ein knappes, lichtes Kattunkleid, das ihr nicht ganz bis zu den Knöcheln reichte und saubere Halbschuhe sehen ließ. In dem sorgfältig aufgesteckten Haar hatte sie ein paar von den gelben Blumen befestigt, die gerade an versumpfenden Uferstellen des Teiches wucherten. Und um Hals und Nacken schimmerte, lose geknüpft, ein blaues Seidentuch, dessen vordere Zipfel sie jetzt mit den Fingern auseinanderzog.

»Kennst du das Tuch, Bedrich!« sagte sie und sah mich zärtlich an. »Es ist dasselbe, das du mir vor fünf Jahren geschenkt. Freut es dich nicht, daß du es noch an mir siehst?«

Mir wurde ganz wehleidig zumute bei der Erinnerung, und unwillkürlich erwiderte ich: »Es würde mich schon freuen –«

»Wenn es anders wäre«, ergänzte sie seufzend. »Auch mir wär's lieber. Aber da es nicht so ist, so müssen wir trachten, daß es anders wird. Hast du schon darüber nachgedacht?«

Jetzt war der entscheidende Moment da; jetzt galt es, sich unerschütterlich zu zeigen. Ich raffte also meine ganze Kraft zusammen und sagte: »O ja, ich habe nachgedacht. Und deshalb bin ich auch gekommen, um dir zu sagen –«

»Sag's nicht, Bedrich«, unterbrach sie mich rasch, indem sie mir die Hand vor den Mund hielt. »Sag's nicht! Es kommt dir doch nicht vom Herzen. Aber ich hab auch nachgedacht und herausgefunden, daß alles ganz gut zu machen ist, wenn du nur willst.«

»Ich will aber nicht!« stieß ich mit Anstrengung hervor.

»Oh, du willst schon!« erwiderte sie, sich an mich schmiegend, »du willst schon! Du getraust dich nur nicht, es dir einzugestehen – gerade so wie damals. Aber wie's auch sei: anhören mußt du mich.«

Das hätt' ich nun rundweg abschlagen sollen. Aber ich brachte es nur zu einem kleinlauten: »Was nützt's, wenn ich dich anhöre?«

»Hör nur, und du wirst sehen, daß ich recht habe. Aber da unten beim Wasser wollen wir nicht bleiben; es könnte doch irgendwer vorüberkommen. Gehen wir höher in den Wald hinauf.« Und sie bewegte sich auch gleich, ohne meine Einwilligung abzuwarten, dem nächsten Pfade zu, der sich steil durch die Fichten empor-wand. Ich hätte umkehren sollen. Aber ich tat's nicht, sondern folgte der schlanken Gestalt, die den Saum ihres Kleides aufgenommen hatte und leicht vor mir herschritt.

So gelangten wir höher und höher und kamen endlich zu einer kleinen Felsengruppe, die auf einer freieren Stelle zwischen jungen Schößlingen emporragte.

Milada hielt still und blickte um sich. »Da wollen wir sitzen«, sag-te sie und ließ sich, ihr Kleid zusammennehmend, an einem der Felsblöcke in trockenes Moos nieder.

Mir hatte das Herz schon während des Anstieges heftig zu schla-gen begonnen, und jetzt, da ich mich in dieser völligen Abgeschie-denheit mit ihr allein sah, faßte mich eine Art Taumel, so daß ich gegen meinen Willen neben ihr hinsank.

»So, nun wollen wir reden«, fuhr sie fort, indem sie meine Hand ergriff. »Glaub' mir, Bedrich, ich weiß recht gut, wie dir zumut ist, und begreif's auch, daß du dich nicht gleich in alles finden kannst. Aber es wird schon gehen; man muß dir nur den Weg zeigen und dich darauf hinführen.«

Ich wollte meine Hand zurückziehen; sie aber hielt sie zwischen ihren beiden fest. »Schau, Bedrich, dein Herr hält große Stücke auf dich und ist dir sehr gewogen. Wenn du ihn schön bittest, so gibt er dir gewiß irgendeinen Posten. Etwa als Aufseher oder Wagmeister in einer der Fabriken – oder auch bei den Kohlenwerken in Schlesien. Dann kannst du mich heiraten.«

Das war so recht nach Weiberart gedacht und brachte mich wieder zu mir selbst. »Da sieht man« versetzte ich ärgerlich, »wie leicht du alles nimmst! Wahr ist es schon, mein Graf hält große Stücke auf mich. Aber gerade deswegen wird er mich auch nicht von sich lassen wollen. Jedenfalls aber würde er mich fragen, weshalb ich mir eine solche Veränderung wünsche. Und wenn er dann erführe, daß ich dich heiraten will – nun, ich will dir nicht weh tun. Aber das Weitere kannst du dir denken.«

Sie blickte finster vor sich hin. »Ja, ich kann es mir denken. Aber du kannst ihm auch sagen, daß du an meinem Unglück schuld bist – und daß du's wieder gutmachen willst.«

»Dann würd' er mich für verrückt halten!« fuhr ich auf. »Und mich vielleicht davonjagen – aber mir gewiß keinen anderen Posten geben.«

»Das wär' auch noch nicht das Ärgste!« rief sie heftig, und ihre Augen blitzten. »Dann gehst du mit mir in eine Gegend, wo uns niemand kennt. Du hast dir gewiß etwas erspart, und ein Handwerk verstehst du auch. Wir werden uns schon fortbringen. Daher ist es vielleicht das beste, wenn du gleich ohne weiteres den Dienst kündigst.«

»Was? Ich selbst sollte den Dienst kündigen?«

»Warum denn nicht? Bist du etwa bei der Herrschaft angebunden?«

»Ja, ich bin angebunden! Seit fünfzehn Jahren werd' ich dort gehalten wie das Kind im Haus. Der Herrschaft verdank' ich alles. Das sind meine Wohltäter!«

»Dafür aber hast du ihnen auch das Deine geleistet! Mehr als jeder andere!«

»Das war meine Pflicht. – Aber das verstehst du gar nicht.«

Sie merkte wohl, daß sie mich an einer Seite gefaßt hatte, wo mir nicht beizukommen war. Denn sie lenkte plötzlich ein und sagte ganz weichmütig: »O ja, ich versteh' es schon, ich versteh' es schon. Ich weiß, daß du ein treues Herz hast, und begreif's, daß du an der Herrschaft hängst; ich war ja selbst gern dort. Aber schau, Bedrich, ein wenig mußt du jetzt auch an mich denken. Und dann: so gut ein Dienst ist – eine eigene Wirtschaft ist besser. Und wenn du ein Weib hast, das dich gern hat –« Sie hatte sich bei diesen Worten mit halbem Leibe über mich gebeugt und blickte mir, den Arm um meine Schultern legend, eigentümlich in die Augen.

»Ja, ein Weib, das im Zuchthaus gesessen!« wollt' ich ausrufen und sie von mir stoßen. Aber ich vermocht' es nicht. Ihr Blick hatte etwas Lähmendes; ich war wie betäubt.

»Schau«, fuhr sie fort, »ich will dich ja nicht zwingen. Folg nur dir selber. Ich werde einstweilen für vierzehn Tage nach Lettowitz gehen. Dort lebt ein Geschwisterkind meiner seligen Mutter, die alte Hudetz. Die behält mich gewiß einige Zeit bei sich; denn ein paar Gulden hab' ich mir – du weißt schon, wo – erarbeitet – und in Taglohn kann ich vielleicht auch gehen; der Ort ist groß, und niemand kennt mich. Dort also erwart' ich dich. Du wirst schon kommen, wie du heute gekommen bist. Du würdest sonst keine ruhige Stunde mehr haben, das weiß ich. Du kannst nicht mehr sein ohne mich!«

Sie zog mich plötzlich mit aller Kraft an sich, preßte ihre halb geöffneten Lippen auf die meinen und küßte mich, als wollte sie mir die Seele aussaugen. Die Sinne vergingen mir; ich wußte nicht mehr, was ich tat – und umfing sie jetzt gleichfalls.«

VII

»Ich brauche wohl nicht erst zu sagen«, fuhr Herr Fridolin nach einer Pause tiefaufatmend fort, »daß diesem Rausch ein entsetzlicher Katzenjammer folgte. Als ich mich nach ungefähr einer Stunde von Milada getrennt hatte, war es mir, als sollt' ich jetzt gleich in den Feenteich hineingehen, dort, wo er am tiefsten ist. Was ich geahnt, gefürchtet, es hatte sich vollzogen, im Handumdrehen vollzogen: ich war ihr verfallen mit Leib und Seele. Was sollte nun geschehen!? Ratlos irrte ich unten am Waldrand längs der Felder hin und her; wohin ich die Gedanken wendete, überall eine Mauer, an welcher ich mir, wenn ich wollte, den Schädel blutig stoßen konnte. Ein wahres Glück, daß mein Herr erst morgen zurückkam; denn heute wär' ich außerstande gewesen, meinen Obliegenheiten nachzukommen. Aber es war auch am nächsten Tage nicht viel anders, und mich wundert's heute noch, daß der Graf nichts gemerkt oder mich doch wenigstens wegen meiner vielen Verstöße und Ungeschicklichkeiten nicht einen Esel über den anderen genannt hatte. Auch im Laufe der Woche blieb es so. Ich rang nach Entschlüssen und wußte nicht, was ich tun sollte. Etwas mußte geschehen – aber was? Den Dienst aufgeben? Ihnen kann ich's ja sagen: so gut die Herrschaft war und ist, sie würde die Kündigung nicht angenommen haben. »Was fällt dir ein, Fridolin?« hätt's geheißen. »Nein, mein Lieber, wir brauchen dich, du bleibst! Und wenn ich's auch in irgendeiner Weise durchsetzen würde – was dann? Heiraten, die Milada heiraten, auf die man, wenn wir auch an einen anderen Ort gingen, früher oder später mit Fingern weisen konnte? Nein, nie und nimmer! Denn dieser Gedanke war der entsetzlichste und machte mich fast wahnsinnig. Und dabei hatte ich doch das Gefühl, daß ich wirklich nicht mehr ohne sie leben könne. Sehen Sie« (Herr Fridolin schlug jetzt verschämt die Augen nieder), »ich war bis zu dieser Zeit das gewesen und geblieben, was man so beim weiblichen Geschlecht eine Jungfrau nennt. Ich hatte mich, obgleich mir auf unseren Reisen manche Gelegenheit geboten war, niemals mit irgendeinem Frauenzimmer eingelassen – und ich befand mich ganz wohl dabei. Nun aber hatte mit einemmal ein so höllisches Feuer in mir zu brennen angefangen, daß mir beständig zumute war wie einem Hirsch im September und daß ich an mich halten mußte, um nicht sofort nach Lettowitz zu laufen. Es war zum Verzweifeln!

Als ich mich so in einer schlaflosen Nacht mit allem Möglichen und Unmöglichen abquälte, durchzuckte es mich plötzlich: »Wie, wenn du mit Milada nach Amerika gingest?!« Und kaum war dieser Gedanke in mir aufgeblitzt, als er mir schon zur überzeugenden Vorstellung, zum weitausgreifenden Vorsatz wurde. Ja, auf diesem Wege war Rettung möglich, ließ sich alles durchsetzen, wovor ich bis jetzt zurückgeschaudert war. Was ich in dem merkwürdigen Lande gesehen und vernommen hatte, bestärkte mich in dem Glauben. Dort, wo sich kein Mensch um die Vergangenheit des andern kümmert, war es mir ganz ohne Scheu möglich, Milada zu heiraten. Und welche Erwerbsquellen standen mir in New York offen, wo die reichsten Leute nicht um schweres Geld die notwendige Dienerschaft auftreiben können – wo gewisse Handleistungen mit Gold aufgewogen werden müssen! Ein Stiefelputzer zum Beispiel kann dort seine zehn Dollars im Tag Einnahme haben. Mir schwindelte der Kopf! Ganz so leicht, wie sie gedacht wurde, ließ sich die Sache freilich nicht ausführen. Das Haupthindernis blieb noch immer bestehen; nämlich der Umstand, daß von der Herrschaft nicht loszukommen war. Es mußte also eine Art Flucht ins Werk gesetzt werden. Und im Nu hatte ich mir auch in dieser Hinsicht mit einer ganz niederträchtigen Findigkeit, von der ich heute gar nicht begreife, wie ich sie haben konnte, alles zurechtgelegt.

Ich besitze eine Schwester, die einen Schuster in der Hanna geheiratet hatte und mit ihrem Manne und mehreren Kindern noch heute dort lebt. Wir hatten uns, offen gestanden, die ganze Zeit über den Teufel umeinander gekümmert, wie das so bei Geschwistern geht, die schon als Kinder getrennt werden. Jetzt aber wollt' ich vorgeben, daß ich sie nach so vielen Jahren wiedersehen möchte, um bei dieser Gelegenheit mit ihr über eine kleine Erbschaft zu verhandeln, die uns von seiten eines entfernten Verwandten zufallen dürfte. Ich würde also um einen achttägigen Urlaub bitten, den man mir nicht gut versagen konnte. Diese acht Tage genügten doppelt, um Hamburg zu erreichen. Ich hatte dort zufällig einen Auswanderungsagenten kennengelernt, einen gewissen Swinemann, dem ich mich, da wir uns ja nicht vor dem Arm der Gerechtigkeit flüchteten, vollkommen anvertrauen konnte. Geld besaß ich in Hülle und Fülle;

denn Sie können sich denken, daß ich mir im Laufe der Zeit etwas zurückgelegt hatte. Also würde auch Swinemann mit allem einverstanden sein und uns an Bord bringen, von wo aus ich meinem Herrn ein reumütiges Geständnis ablegen und ihn um Verzeihung bitten wollte. Dieser, wie gesagt, ganz niederträchtige Plan beruhigte mich dermaßen, daß ich nun sofort einschlief.

Am nächsten Tage galt es, einen günstigen Augenblick zu erhaschen, um dem Herrn meine Bitte vorzutragen. Ich fand ihn schon am Morgen, als ich beim Ankleiden behilflich war, in guter Laune, was sonst nicht immer der Fall zu sein pflegte; faßte mir alsogleich ein Herz. Er schenkte mir, seine erste Zigarette anzündend, wohlwollendes Gehör, und nachdem ich geendet hatte, sagte er: »Nun, Fridolin, du hast dich fünfzehn Jahre lang nicht von uns weggerührt – die acht Tage Freiheit kann man dir schon gönnen. Es trifft sich auch insofern gut, als ich mich selbst für einige Zeit zu meiner Schwester in Steiermark begeben will, wohin ich dich ja nicht mitzunehmen brauche. Wenn du Lust hast, kannst du sogar länger ausbleiben – vierzehn Tage. Wann willst du denn schon fort?« Ich erlaubte mir zu sagen, je eher, je lieber. »Nun, so bring mir alles in Ordnung, und dann kannst du morgen mit dem Nachtzuge abgehen.« Ich war miserabel genug, ihm mit Zeichen tiefer Rührung und Dankbarkeit die Hand zu küssen.

Jetzt aber mußte Milada in Kenntnis gesetzt werden, die mich gewiß schon erwartete; denn es waren an die zehn Tage vergangen, seit ich sie in Lettowitz wußte. Dieser Ort ist von hier drei Bahnstationen entfernt, die sich allerdings einander ganz nahe befinden; man muß aber doch eine gute Stunde fahren. Eine Stunde Aufenthalt, eine andere zur Rückfahrt; also im ganzen drei Stunden. Das stimmte zu den beiden Postzügen, die, sich kreuzend, auf der Strecke verkehren. Aber woher die Zeit nehmen? Der Satan half mir auch da. Denn der Graf kündigte mir an, daß er sich in Geschäften mit dem Eilzuge nach Brünn begeben und bis zum Diner ausbleiben werde. Der Eilzug ging um elf; ich konnte also um Mittag an die Bahn zum PostZug zurechtkommen.

Milada hatte mir das Haus, wo sie ihren Aufenthalt genommen, sehr kenntlich bezeichnet. Eine kleine Kalupe an der waldigen Hügellehne oberhalb der großen Mühle, die gleich am Eingang des

Ortes steht. Ich sah die Hütte schon vom Bahnhof aus und ging ohne weiteres darauf los. Als ich mich der Tür näherte, kam hinten herum ein altes Weib mit einem Reisigbündel zum Vorschein und sah mich mit kleinen Triefaugen verschmitzt an. »Was ich da wolle?« – »Zur Milada will ich.« – »Die ist jetzt nicht da.« »Wo ist sie denn?« – »In der Mühl' unten.« – »Was tut sie denn dort?« – »Sie hilft mit im Schüttkasten.« – »Aber ich muß mit ihr reden.« Die Alte zögerte. »Seid Ihr vielleicht der Herr Kammerdiener?« – »Ja.« – »Na, ich werd' sie holen. Geht einstweilen hinein.« Sie warf das Bündel weg und humpelte, während ich ins Haus trat, den Abhang hinunter.

In der niederen Stube, der einzigen, die es neben der kleinen Küche gab, zeigte sich alles sauber und ordentlich gehalten; nur die Luft war dumpf und modrig, obgleich das Fenster offenstand. An der einen Wand erblickte ich ein kurzes, schmales Bett mit hochgeschichteten Federpfühlen; ein bunter Frauenrock war neben einem Strumpfpaare darüber ausgelegt; unter dem Bett sahen zwei kleine Schuhe hervor. Das also war Miladas Lager; die Alte mochte sich auf der Bank in der Nähe des Ofens behelfen. Auf die setzte ich mich jetzt und wartete, während an der Decke die Fliegen surrten. Eine Viertelstunde verstrich, und niemand kam. Ich sah auf die Uhr. Schon fünfundzwanzig Minuten über eins – und um zwei muß ich zur Rückfahrt wieder an der Bahn sein!

Endlich wurde die Tür aufgestoßen, und Milada, mit erhitztem Antlitz und flatterndem Kopftuche, stürzte herein und auf mich zu. »Du bist da, Bedrich!« rief sie wie überrascht.

»Ja, ich bin da. Hast du mich denn nicht erwartet?«

»Freilich hab' ich dich erwartet! Längst schon erwartet! Und was bringst du mir?« fuhr sie fort, indem sie mir forschend in die Augen blickte.

»Großes und Wichtiges habe ich für dich«, erwiderte ich. »Setz dich zu mir und hör mich an.«

Wir ließen uns auf die Bank nieder, und nun begann ich, ihr alles auseinanderzusetzen. Ihre Züge wurden dabei immer ernster, und ihr Blick senkte sich zu Boden. Als ich geschlossen hatte, trat eine

Pause ein. Endlich sagte sie: »So weit, Bedrich! so weit – gar übers Meer.«

Ich hatte Jubel erwartet und war daher sehr enttäuscht.

»Es ist der einzige Weg!« rief ich zornig. »Es gibt keinen anderen – und wenn du ihn nicht mit mir gehen willst, so ist auch alles aus. Denn hier im Lande gibt es nun einmal keine Gemeinschaft zwischen uns!«

Sie war ganz blaß geworden. »Nun, nun, sei nur nicht gleich so bös«, entgegnete sie finster. »Ich habe nur darüber nachgedacht.«

Es reute mich, daß ich sie so hart angelassen. »Verzeih' mir, Milada«, sagte ich. »Aber siehst du, ich hatte geglaubt, es würde dich freuen –«

»Es freut mich ja auch«, erwiderte sie einlenkend. »Und ich gehe mit dir, wohin du willst – bis ans Ende der Welt. Aber wie werden wir's denn anfangen?«

»Ganz einfach. Ich für meine Person reise morgen nachts ab.«

»Schon morgen?«

»Es muß sein. Und du übermorgen. In Wischau treffen wir zusammen.«

»Wischau? Wo ist das?«

»Nicht weit von Brünn. Aber ich habe dir hier alles Nötige aufgeschrieben; du kannst nicht fehlgehen.« Damit reichte ich ihr ein Blatt aus meiner Brieftasche, das ich während der Fahrt hierher vorbereitet hatte.

Sie sah auf den Zettel nieder, dann hob sie die Augen. »Bedrich! sagte sie, »das hätte ich dir nicht zugetraut.«

»Ich mir selbst nicht. Aber jetzt sollst du mich kennenlernen. Jetzt sollst du sehen, wie ich bin, wenn ich etwas durchsetzen will.« Und während ich dies ausrief, umschlang ich sie; denn ihre Nähe hatte schon längst auf mich gewirkt wie der Funke auf den Zunder.

Es war, als wollte sie mich abwehren, aber schon im nächsten Augenblick erwiderte sie meine Umarmung mit leidenschaftlichen Küssen. Dabei glitt ihr das lose Kopftuch in den Nacken, und mein

Blick fiel auf eine frische, halb aufgeblühte Rose, die sie im Haar trug.

»Woher hast du die Rose?« fragte ich, während mich ein eigentümliches Gefühl überkam.

»Die Rose?« entgegnete sie unbefangen, aber doch errötend, und langte mit der Hand danach. »Die ist aus dem Mühlgarten.«

»Aus dem Mühlgarten? Wie kommst du denn da hinein? Und kann man dort gleich alles abreißen?«

»Ach was«, sagte sie kurz, »der Müller hat sie mir gegeben.«

»Der Müller?« Und nun fiel mir ein, daß ich von dem schon reden gehört.

»Ich glaube gar, du bist eifersüchtig«, lachte sie. »Das ist ja ein alter Mann.«

»Das tut nichts«, erwiderte ich. »Es ist in der Gegend bekannt, daß er noch immer den Frauenzimmern nachstellt – ärger als ein Junger.«

Sie zog die Brauen zusammen. »Was kümmert das mich. Er hat mir die Rose über den Zaun geworfen – und ich hab' sie nicht liegenlassen. Aber nimm du sie jetzt.« Sie zog die Rose aus dem Haar und steckte sie mir ins Knopfloch. »Da, du Kindskopf! Aber weißt du, es freut mich doch, daß du eifersüchtig bist, denn das zeigt mir, daß du mich gern hast.« Und dabei zog sie mich wieder an sich und küßte mich, daß ich vor Seligkeit fast verging. Aber plötzlich durchzuckte es mich, und ich riß mich los.

»Ich muß fort!« sagte ich.

»Jetzt schon?«

»Ja, sonst versäum' ich den Zug, und ich darf nachmittags im Schloß nicht fehlen. Also gib auf den Zettel wohl acht. Es ist alles genau aufgeschrieben. Nimm sowenig mit wie möglich. Ich kauf' dir schon, was du brauchst. Hast du Geld zur Fahrt?« Ich griff in die Tasche.

»Laß nur. Wenn's nicht weit ist – ein paar Gulden hab' ich schon, das weißt du ja.«

»Nun also. Heut' ist Samstag; morgen, Sonntag, reise ich –Montag oder längstens Dienstag du. Laß' mich nicht unnötigerweise in Wischau warten.«

»Gewiß nicht! Ach, Bedrich, wenn du wüßtest, wie mir ist!« Sie barg ihr Haupt an meiner Brust.

»Froh sollst du sein!« sagte ich mit einem letzten Kusse. »Aber da hör' ich den Zug pfeifen!«

Damit riß ich mich los und lief den Abhang hinunter. In der Nähe des Bahnhofes, wo bereits das Glockenzeichen ertönte, sah ich zurück. Sie stand vor dem Hause und winkte mit dem Tuche. Ich hatte gerade noch Zeit, auf den Tritt des letzten Waggons zu springen.«

VIII

Herr Fridolin hatte hier seine Erzählung abgebrochen und einen ängstlichen Blick nach der Uhr getan. »Die Zeit drängt«, sagte er, »und so will ich ohne weitere Auseinandersetzungen gleich daran anknüpfen, daß ich an einem regnerischen Morgen in Wischau eingetroffen war. Ich hatte diesen Ort, in dessen Umgebung meine Schwester lebte, als erste Station gewählt, obgleich damit ein Umweg eingeschlagen wurde. Denn ich mußte zum Schein den vorgeblieben Zweck meiner Reise verfolgen, der im Schlosse allgemein bekannt geworden war. Wischau ist ein kleines Städtchen mit einem geräumigen Hauptplatze, wo ich, als ich dort im Gasthof zur Krone abstieg, rings im Kreise hölzerne Buden aufgeschlagen fand; ein Zeichen, daß heute Jahrmarkt abgehalten wurde. Das war mir ganz recht. Denn Sie begreifen, daß mir jetzt, da der erste Schritt getan war, mein Vorhaben in seiner ganzen Tragweite aufs Herz fiel und daß mich schwere Gewissensbisse sowie bängliche Gedanken hinsichtlich der Zukunft zu quälen begannen; einige Zerstreuung konnte mir also nur willkommen sein. Nachdem ich ordentlich gefrühstückt hatte, legte ich mich in meinem Zimmer zu Bett und schlief nach einer durchwachten Nacht bis in den Mittag hinein. Als ich ans Fenster trat, sah es unten auf dem Platze ziemlich leer aus; aber eine Stunde später wimmelte es bereits von Menschen, die sich trotz des schlechten Wetters unter ausgespannten Regenschirmen an den Buden vorbeidrängten. Ich mischte mich nun auch in das Gewimmel, nahm alles in Augenschein und erstand nebst anderen Gegenständen für Milada einen karierten Plaid mit Tragriemen, eine geräumige Ledertasche, einen halbseidenen Schirm – und schließlich einen kleinen Hut von feinem Filz, wie ihn die Damen auf der Reise zu tragen pflegen. Nachdem ich das alles in mein Zimmer geschafft hatte, flanierte ich so herum; denn es gab allerlei zu sehen, sogar ein Theater in dem Saale eines anderen Gasthofes, wo obendrein die Nacht durch getanzt wurde.

Am anderen Morgen trat ich vor das Haustor. Denn es war festgesetzt, daß sich Milada gleich von der Bahn weg in den Gasthof begeben sollte. Doch wer nicht kam, war sie. Es ärgerte mich, denn ich hatte trotz allem schon große Sehnsucht nach ihr empfunden und konnte es kaum mehr erwarten, sie bei mir zu haben. Aber ich dachte mir: nun, vielleicht wollte sie nicht bei Nacht fort und macht sich erst jetzt auf den Weg. Der Tag schlich so dahin; der Abend kam, Milada nicht. Nun wachte ich dem nächsten Morgen wie im Fieber entgegen – aber Milada blieb aus. Wie war das zu deuten? Sollte sie gar nicht die Absicht gehabt haben, zu kommen, und mich hier ohne weiteres sitzenlassen? Das wäre niederträchtig! Und doch empfand ich bei diesem Gedanken fast eine wohltuende Erleichterung. Oder sollte sie etwa gar mit dem alten Kerl, dem Müller? – Mein Herz zog sich zusammen. Aber nein! Nein! Sie kann ja krank geworden sein – kann, ungenau und unbeholfen, wie Weibsleute in solchen Dingen sind, die rechte Strecke verfehlt haben und Gott weiß wohin gefahren sein! Unter solchen ratlosen Vermutungen, davon eine die andere kreuzte, brachte ich den Tag hin – auch den nächsten. Endlich, am vierten, erhielt ich einen Brief, den ich heute noch auswendig weiß, da er nur aus ein paar Zeilen bestand: »Lieber Bedrich! Ich kann mit Dir nicht nach Amerika gehen, denn ich heirate den Müller. Sei mir nicht bös. Es wäre Dir doch ein Opfer gewesen, das Du früher oder später bereut hättest. Deine Milada.«

Das Papier glitt mir aus der Hand, und einen Augenblick hatte ich das Gefühl, als wäre mit ihm ein Stein von meiner Brust gefallen. Doch gleich darauf packte mich die Eifersucht und ein grimmiger Haß gegen den Müller, den ich niemals im Leben gesehen hatte. Wie toll rannte ich im Zimmer umher und entwarf die schrecklichsten Rachepläne, die alle auf eine Mordgeschichte hinausliefen, wie man sie jetzt fast täglich in den Zeitungen zu lesen bekommt. Aber nach und nach wurde mir immer deutlicher, daß es ja für mich das größte Glück wäre, wenn die Ehe mit dem Müller zustande käme. Aber wird dies auch wirklich geschehen? Konnte das Ganze nicht bloß ein Vorwand sein, auf daß ich wieder zurückkehrte und alles so bliebe, wie es war? Das ließ sich eben nicht herausbringen, und so erübrigte mir nichts, als abzuwarten, wie sich die Dinge gestalten würden. Indessen galt es doch, zu überlegen, was vorderhand zu tun sei. Sofort zur Herrschaft zurückkehren wollte ich nicht; denn es hätte den anderen Dienstleuten seltsam erscheinen müssen, wenn ich nicht einmal die verlangten acht Tage fortgeblieben wäre. Ich beschloß also, aus der Not eine Tugend zu machen und nun wirklich meine Schwester in dem Dorfe Remojan aufzusuchen, das anderthalb Stunden von Wischau entfernt liegt. Da das Wetter gut war, machte ich mich gleich zu Fuß auf den Weg, fand aber nicht den freundlichsten Empfang. Meine Schwester wollte mich die längste Zeit gar nicht wiedererkennen und tat sehr zurückhaltend; mein Schwager Schuster desgleichen. Schließlich bedauerte man, daß gar nichts im Hause sei, um mir einen Imbiß vorsetzen zu können, wofür ich auch bestens dankte. Erst am nächsten Tage, als ich mit einem leichten Fuhrwerk kam, meiner Schwester die Sachen mitbrachte, die ich für Milada gekauft hatte, und jedem der fünf Kinder einen Silbergulden in die ungewaschene Patschhand drückte, tauten die Leute auf und flossen zuletzt so von Zärtlichkeit über, daß sie mich noch ein paar Tage in Nemojan festhielten, wo sich im Wirtshause ein nicht ganz unbewohnbares Zimmerchen für mich vorfand. Dort zechte ich auch tüchtig mit meinem Schwager, dem jetzt die Zeit ein einziger blauer Montag war; aber ich konnte doch meine innere Unruhe nicht übertäuben, die mich endlich zur Heimkehr trieb. Jetzt sollte sich mein Schicksal entscheiden!

Als ich an einem schönen Herbstnachmittage mit meinem Handkoffer durch das Schloßportal trat, war die erste Person, die ich erblickte, Katinka, meine jetzige Frau. Sie saß im Vorhof unter der breiten Esche, die schon ganz gelb gefärbt war, und strickte an einem langen weißen Strumpfe. Als sie mich sah, öffnete sie den Mund vor Überraschung und wurde blutrot im Gesicht. »Je, du bist schon da, Fridolin!« rief sie.

»Wie du siehst.«

»Nun, das freut mich.«

»Auch soviel.«

»Ich hatte gedacht, du würdest länger ausbleiben. Wie ist's dir denn ergangen? Deine Schwester wird sich wohl auch recht gefreut haben, dich wiederzusehen.«

»Na, so so. Gibt's was Neues im Schlosse?«

»Gar nichts. Dein Herr ist noch in Steiermark. Über etwas aber wirst du dich doch wundern.«

»Über was denn?«

»Erinnerst du dich an die Milada?«

Mir gab es einen Riß durch den ganzen Leib. Aber ich erwiderte so unbefangen wie möglich: »Warum sollt' ich mich nicht an die erinnern? Sie war ja lang genug im Schloß.«

»Und daß sie ihr Kind umgebracht hat, weißt du auch. Vor ein paar Wochen ist sie aus dem Zuchthaus gekommen – und jetzt heiratet sie der Müller Mussil in Lettowitz.«

»Den kenn' ich nicht«, sagte ich, mich zusammennehmend.

»Ein alter Mann, schon an die siebzig, der aber noch immer den Teufel im Leib hat. Nächsten Sonntag werden sie aufgeboten, ein für allemal.«

»Nächsten Sonntag schon!« schrie ich, mich vergessend.

»Sie haben Eile not«, fuhr Katinka trotzdem ahnungslos fort, »der Kinder des Müllers wegen, die freilich längst selbst verheiratet sind und schon vor Jahren ihr Erbteil voll ausgezahlt erhalten haben. Aber sie könnten doch noch allerlei dagegen tun. Er hat dem ältesten Sohn, der in Brünn einen großen Mehlhandel betreibt, auch noch die Mühle abtreten müssen, um ihn ganz herumzukriegen. Er selbst behält sich nur einen Wirtschaftshof in der Nähe von Trübau, der freilich groß genug und an die Zehntausend wert sein soll. Dort will er mit der Milada leben, der er, wie es heißt, den Hof für den Fall seines Todes verschrieben hat.«

In diesem Augenblick kam vom Schloß aus ein Wagen herangerollt; die Frau Gräfin machte ihre gewohnte Spazierfahrt. Wir nahmen Stellung und verneigten uns ehrerbietig.

»Siehst du«, sagte Katinka, als der Wagen draußen war, »siehst du, wie recht Ihre Erlaucht damals gehabt hat. Wer weiß, was noch alles geschieht. Gar zu gut wird sie's bei dem Müller nicht haben. Der hat schon drei Weiber ins Grab gebracht. Nun, sie wird wohl glauben, daß er bald stirbt; aber das ist einer von denen, die hundert Jahre alt werden.«

Ich hatte genug und ließ Katinka allein, die an ihrem Strumpfe weiter strickte. Als mir jetzt das Schloß in seiner ganzen Ausdehnung vor Augen kam, als ich alles Bekannte und Gewohnte wiederfand – da übermannte es mich, und in meinem Zimmer, das ich für immer hatte verlassen wollen, brach ich in Tränen aus. Aber sie flossen auch um Milada. Das Gespräch mit Katinka hatte alle Erinnerungen in mir aufgewühlt, und ich empfand, wie sehr ich diese falsche Schlange noch liebte.

Nach einer gewissen Zeit hörte ich den Wagen zurückkommen, und gleich darauf erschien der Bediente, der auf dem Bock gesessen, an meiner Tür. »Fridolin, du sollst sofort zur Frau Gräfin kommen!« rief er herein und entfernte sich wieder schleunigst.

Ich erschrak. Sollte man etwas erfahren haben? Und will man mich jetzt zur Rede stellen? Aber was war zu tun? Ich wusch und kämmte mich rasch, dann ging ich mit klopfenden Herzen hinauf.

Ihre Erlaucht befand sich in dem Balkonzimmer, wo sie sich des abends gewöhnlich vorlesen ließ. Aber sie war noch allein, empfing mich freundlich und stellte, während ich aufatmete, einige wohlwollende Fragen, die den Aufenthalt bei meiner Schwester betrafen. Nachdem ich dieselben untertänigst beantwortet hatte, schwieg sie eine Zeitlang, dann fragte sie plötzlich: »Wie gefällt dir denn die Katinka?«

Ich war ganz betroffen und wußte nicht, was ich erwidern sollte. »Nun«, sagte ich endlich, »die Katinka – die Katinka ist ein recht angenehmes Mädchen.«

»Nicht wahr? Und auch ein braves Mädchen ist sie. Möchtest du sie heiraten, Fridolin?«

Jetzt war ich vollständig paff und wußte schon gar nicht, was ich sagen sollte. »Heiraten – ja – heiraten – daran hab' ich bis jetzt nicht gedacht, Erlaucht.«

»Dann kannst du jetzt daran denken. Offen gesagt: es wär' uns erwünscht, wenn ihr beide ein Paar würdet. Unter dieser Bedingung steht dir für deine langjährigen treuen Dienste eine Belohnung in Aussicht. Wir wollen nämlich den Zimmerwärter pensionieren und dir den Posten geben.«

Um mich her drehte sich alles, und mühsam stammelte ich einige mir selbst unverständliche Worte.

»Nun, nun« sagte die Gräfin, »ich begreife, daß du dich nicht so ohne weiteres entschließen kannst. Denk darüber nach. Beschlaf die Sache – und morgen meldest du mir, was du zu tun gesonnen bist.«

Damit reichte sie mir die Hand zum Kusse und entließ mich sehr gnädig.«

Hier hielt Herr Fridolin inne und blickte wieder nach der Uhr, deren Zeiger fünf Minuten vor sechs wies. »Bis hierher und nicht weiter«, sagte er jetzt. »Alles übrige wissen Sie ohnehin.« Damit stand er auf und näherte sich dem Kleiderrechen an der Wand.

»Nein«, rief ich, »ich weiß nicht alles! Wie war es mit Milada? Hat sie den Müller wirklich geheiratet?«

Er hatte inzwischen seinen Mantel umgeworfen und kehrte, die Mütze in der Hand, an den Tisch zurück. »Ja, sie hat ihn geheiratet und ist nach zwei Jahren Witwe geworden. Eine Zeitlang hieß es, sie habe den Alten mit Gift ins Jenseits befördert. Aber das wird wohl bloßes Gerede gewesen sein; es wären ja sonst die Gerichte eingeschritten. Nicht lange darauf hat sie ihren Schaffer zum Mann genommen, dem sie auch ein Kind geboren. Sie selbst aber ist im Wochenbett gestorben.«

Die Uhr hob schnarrend an, sechs zu schlagen. Fridolin zuckte zusammen. »Gute Nacht!« Und damit stürzte er aus dem Zimmer, mich der ungestörten Nachwirkung seiner Erzählung überlassend. Diese bewies zwar nicht ganz die Stärke seiner Leidenschaft – aber sie sprach für sein Glück.

Über tredition

Eigenes Buch veröffentlichen

tredition wurde 2006 in Hamburg gegründet und hat seither mehrere tausend Buchtitel veröffentlicht. Autoren veröffentlichen in wenigen leichten Schritten gedruckte Bücher, e-Books und audio-Books. tredition hat das Ziel, die beste und fairste Veröffentlichungsmöglichkeit für Autoren zu bieten.

tredition wurde mit der Erkenntnis gegründet, dass nur etwa jedes 200. bei Verlagen eingereichte Manuskript veröffentlicht wird. Dabei hat jedes Buch seinen Markt, also seine Leser. tredition sorgt dafür, dass für jedes Buch die Leserschaft auch erreicht wird.

Im einzigartigen Literatur-Netzwerk von tredition bieten zahlreiche Literatur-Partner (das sind Lektoren, Übersetzer, Hörbuchsprecher und Illustratoren) ihre Dienstleistung an, um Manuskripte zu verbessern oder die Vielfalt zu erhöhen. Autoren vereinbaren direkt mit den Literatur-Partnern die Konditionen ihrer Zusammenarbeit und partizipieren gemeinsam am Erfolg des Buches.

Das gesamte Verlagsprogramm von tredition ist bei allen stationären Buchhandlungen und Online-Buchhändlern wie z. B. Amazon erhältlich. e-Books stehen bei den führenden Online-Portalen (z. B. iBookstore von Apple oder Kindle von Amazon) zum Verkauf.

Einfach leicht ein Buch veröffentlichen: **www.tredition.de**

Eigene Buchreihe oder eigenen Verlag gründen

Seit 2009 bietet tredition sein Verlagskonzept auch als sogenanntes "White-Label" an. Das bedeutet, dass andere Unternehmen, Institutionen und Personen risikofrei und unkompliziert selbst zum Herausgeber von Büchern und Buchreihen unter eigener Marke werden können. tredition übernimmt dabei das komplette Herstellungs- und Distributionsrisiko.

Zahlreiche Zeitschriften-, Zeitungs- und Buchverlage, Universitäten, Forschungseinrichtungen u.v.m. nutzen diese Dienstleistung von tredition, um unter eigener Marke ohne Risiko Bücher zu verlegen.

Alle Informationen im Internet: **www.tredition.de/fuer-verlage**

tredition wurde mit mehreren Innovationspreisen ausgezeichnet, u. a. mit dem Webfuture Award und dem Innovationspreis der Buch Digitale.

tredition ist Mitglied im Börsenverein des Deutschen Buchhandels.

Dieses Werk elektronisch lesen

Dieses Werk ist Teil der Gutenberg-DE Edition DVD. Diese enthält das komplette Archiv des Projekt Gutenberg-DE. Die DVD ist im Internet erhältlich auf **http://gutenbergshop.abc.de**

Zeitfracht Medien GmbH
Ferdinand-Jühlke-Straße 7
99095 Erfurt, Deutschland
produktsicherheit@kolibri360.de